なんてきれいな、なんて美しく男らしい、
本物の若武者のような心も体も強い人。

オレの……オレだけの特別な人。

「芳野さん……好き……好き……」

「俺もだ……」

若殿さまのご寵愛♥

夢乃咲実

Illustration
明神 翼

B-PRINCE文庫

※本作品の内容はすべてフィクションです。
実在の人物・団体・事件などには一切関係ありません。

CONTENTS

若殿さまのご寵愛♥

――さわ。

ん？

なんだかお尻のあたりに妙な違和感《いわかん》がして、オレはちょっと体の向きを変えた。

――さわ。

変な感じはついてくる。

やがて、それはさわさわとお尻を撫《な》で回すような動きになって……。

まさか――痴漢!?

満員の通勤通学電車。ドアに押し付けられたオレの体を、背後にいる誰かが触《さわ》っている。

ガラスに映る、明るい金茶色の混じった髪に、長い睫毛《まつげ》に縁取《ふちど》られた大きな目をしたオレの姿。

どうやら先祖のどこかに北欧系の血が入っているような、ちょっとクォーターっぽいオレの顔。でも紺色のブレザーの制服を着ているし、女の子には見えないはず、絶対に！

本当に痴漢だろうか。男に痴漢をするヤツがいるって聞いたことはあるけど、実際に遭《あ》ったことはまだ一度もない。

そのオレの姿の背後にどんなヤツがいるかと探してみたけれど、ぎゅうぎゅうづめの中で無理やり新聞を読んでいる男とか、立ったまま口を開けて寝ているオジサンとか……オレのほうに視線を向けている姿はひとつもない。

こういうとき女の子は意外に声を出せないものだって聞いたことがあるけど、確かにそうだ。満員電車だし、手じゃない何かがたまたま触れているだけかもしれないし、第一、男のオレが「痴漢！」なんて叫んでも、誰も信用しないで笑われるだけかもしれない。

どうしよう。

すると、さわさわお尻を撫でていた手が、今度は腿《もも》まで下りてきて、その間に手を入れようとしてくる。

くっそ～、間違いない、痴漢だ！

こっちが身動き取れないでいるのをいいことに、好きなように撫で回している。

逃げるか。

こっち側のドアが開けば一度降りて逃げられるけど、当分こっちは開かない。

とりあえず、この手をなんとか――

そう思って、必死で身じろぎして、自分の手で不届きものの手を摑《つか》もうとした時。

「おい、お前！」

低いけれどよく通る、厳《きび》しい声が頭の後ろで聞こえた。

同時にオレに触れていた手が離れる。

「な、なんだ」

「なんだじゃないだろう。今この手で何をしていた」

体を捩《ねじ》ってなんとか振り向くと——そこには、一人の高校生がいた。

いや、もちろん痴漢じゃなくて、スーツ姿のさえないサラリーマンの手首をがっちりと摑んでいるほうの人。

名門桜花学園《おうかがくえん》の制服を着た、背の高い——たぶん三年生くらいの大人っぽさ。

黒く艶《つや》のある髪をきちんと整え、やや面長の、今まで見たことがないくらい整った顔。

高く真っ直ぐな鼻筋、余計《よけい》な手を入れていない完璧な形の眉《まゆ》。目は怒りに燃え、意思の強そうな顎《あご》の上で、唇《くちびる》がぎゅっと結ばれている。

そしてその雰囲気……今まで見たこともない、迫力と、気高さと、気品。ひと目見ただけで、この先一生忘れないだろうと思う、凛《りん》とした存在感。

「大丈夫か？」

その人がオレの顔を見て尋ねた口調が、瞳に浮かんだ怒りとは違う、抑えたやわらかさを含んでいて、オレははっとした。

そうだ。

この人は、オレを痴漢から助けてくれたんだ！

見とれる前に気が付くべきだったことに思い当たって、オレは彼が握《にぎ》りしめている手首の主《ぬし》を見た。

なんだか疲れた顔の、まだ二十代に見える瘦《や》せた貧相な男。あんなふうにオレの尻を撫で回した傍若無人《ぼうじゃくぶじん》な手の主とは思えない。

けれど、おどおどとしてオレと目を合わせないところを見ると、間違いなくこいつだとわかる。

痴漢に対する怒りと、助けてくれた人への感嘆で、声が出てこない。どっちに向けるどんな言葉を言えばいいのか。

すると、助けてくれた高校生がもう一段声を和《やわ》らげ、体を屈《かが》めるようにしてオレの顔に、その整った男らしい顔を近付けた。

「次の駅で降りて駅員に引き渡すか？」

「あ……」

どうしよう。

痴漢を見ると、怯《おび》えたように首を横にぶんぶん振っている。

「悪かった、もうしないから……許してくれ」

その怯えは、オレじゃなくてオレの救い主に対しての怯えだってわかる。

周囲の人たちがそろそろこの不穏《ふおん》な雰囲気に気が付き始めてこっちを横目で窺《うかが》っている。

オレとしては警察に突き出してやりたい気もするけれど、そうするといろいろ事情を尋《き》かれたりして時間を取られるし、痴漢騒ぎで遅刻したなんて、先生にも友達にもとても言えたもんじゃない。

「えっと……もうしないなら……」

オレがおそるおそる言うと、その人は痴漢の手首を放した。

手首には、真っ赤な指の跡がくっきりと付いている。すごい力で摑んでいたんだ！

「じゃあ、この子に謝れ」

オレに話しかけた声とまるで違う、迫力のある低い声。

「す、す、すまなかった……」

蚊《か》の鳴くような声に、オレとしてはどう返していいのかわからない。

その時、いつの間にか次の駅に辷《すべ》り込んでいた電車が止まり、向こう側のドアが開いた。

痴漢は身を翻《ひるがえ》し、どっと降りていく人々をかき分けるように車内から消えていく。

乗り換え線の多い大きな駅で、すぐにまた降りていったのと同じくらいの乗客が押し寄せてくる。

と、オレの救い主がオレの顔の真横のドアに手を突いた。

オレの周囲には、座席の端《はし》の棒と、扉と、彼の腕によって小さな空間ができる。

「大丈夫か」

そう尋ねる声がオレの額にごく近いところから聞こえてどきんとする。

「あ、あの、ありがとうございました」

オレはようやく、もっと早く言わなくちゃいけなかった言葉を口にできた。

顔を仰向《あおむ》けると、なんだかものすごく近くに彼の顔がありそうで、上げるに上げられない。

「いや。ずっと我慢しているのがわかったから。ああいう時にはなかなか声は出せないものだ」

チェロやベースに似た、音の低い弦楽器みたいに響く声。

そう思ってから気がついた。彼が、僕の周囲に空間を作って、他の誰からも触れられないように守ってくれているんだ！

「あ……あの、大丈夫……なので」

オレを守ってくれているぶん、彼の体に背後の乗客の圧力がかかっているはずだ。

なのに彼の腕はびくりとも動かない。

「その制服は、楓学院《かえでがくいん》か」

独り言のように彼が呟《つぶや》く。

「あと二駅だな」

そういう彼のほうは、桜花だから、オレよりもうひとつ先の駅からバスが出ているはず。

でも、桜花って確か全寮制じゃなかったっけ。

と、電車が揺れて一瞬彼の胸がオレの顔のあたりに触れた。

なんだかいい匂い。香水とかそんなんじゃなくて、こう……お香をたきしめている家の中から、ふんわりとその香りを身にまとったまま出てきたみたいな。

どうしよう。なんだか耳が熱くなってくる。

沈黙《ちんもく》したまま電車はオレの降りる駅に着き、今度はこっち側のドアが開いた。

「あ、ありがとうございました、本当に」

押し出されながら、ようやく彼の顔を見てそう言うと、彼は目をわずかに細め、ふっと笑った。

優しい、爽《さわ》やかな笑み。

「気を付けて」

気を付けて。気を付けて。

弦楽器の響きのある彼の声が、何度も頭の中でこだまする。

ドアが閉まり、オレは彼の顔を見つめた。

彼も唇の端を上げたまま、優しくオレを見ている。

すぐに電車が動き出して彼の顔は見えなくなったけれど――オレはしばらくホームに立って、電車を見送っていた。

＊＊＊

翌日。

オレはなんだかいつもより早めに目を覚まし、学校に行く用意をし、いつもより早く家を出て、駅に着いてしまった。

昨日と同じ電車に乗ろうと思って。

あの人に……会えるかな、と思って。

もっとちゃんとお礼を言いたかった、っていうのもあるけど……それよりも何よりも、なんだかあの人の顔をまた見たかったんだ。

昨日は結局一日、あの人のことを考えていた気がする。

あの大人びた態度、痴漢を撃退した時の厳しい声。さりげなくオレを人の圧力から守ってくれた時にふわりと香ったいい匂い。

そして、低く不思議な響きを帯びた声。

気が付くとそんなことを何度も何度も反芻《はんすう》していて、そんな自分にはっと気が付いて、急に恥ずかしくなったりして。

そして……今日は、朝目覚めるなりすぐ、昨日と同じ電車に乗ったらまた会えるだろうか、なんて考えて。

全寮制のはずの桜花の制服だったから、昨日はたまたま何かあって、自宅かどこかから登校したのかもしれない。

もし今日もこの路線に乗っていたとしても、昨日と同じ時間の電車に乗っているかどうかは、わからないのに。

何本かの電車をやり過ごし、やがて目指していた電車が入ってきた。

この駅で降りる人は少ない。すでに結構混んでいる電車の中に、背後から押されるように乗り込む。

で……周囲を見回したんだけど。

百六十センチそこそこのオレは、満員電車の中では圧倒的に不利だ。車内を見回そうとしても、誰かの頭や背中が邪魔《じゃま》をして、周囲のほんの数人しか見えない状況だ。

無理かあ……。

そのとき、がくんと電車が揺れて、オレの前の人波に小さな隙間ができて視界が開けた。

そして――そこに、あの人がいた！

つり革に摑まって、文庫本を読んでいる。

横から見ると、鼻筋や顎が硬質できれいなラインを描いているのがわかる。

だけど、人をかき分けて近付くにはちょっと遠い。

呼びかけるのも……考えてみると名前も知らないし。

それでもなんとか人をかき分けようとした瞬間、彼はふと顔を上げ周囲を見回し――オレと目が合った！

男らしい整った顔に、ほんのわずか目を細め、唇の端を上げただけで、優しげな笑みが浮かぶ。

思わずどきんとして動きを止めたとき電車が次の駅に着き、瞬間、反対方向に体が押された。降りようとする人の波にさらわれてしまう！

すぐにオレの状況に気付いてくれたのか、彼はその人波を利用するようにオレに近付き、腕を引っ張り、ぎゅっと引き寄せる。

すぐに人波の方向が変わって、オレたちの体はまた奥へと押し込まれた。

「おはよう」

頭の上から低く優しい声が聞こえる。

「お、おはようございます」

答えながら上を向くと、また間近な位置に彼の顔。

その瞬間、頬《ほお》がかっと熱くなる。

満員電車の中で、まるでオレを抱きしめるみたいに、腰に回された腕。

「いつもこの電車のこのドアなのか？」

「あ、は、はい、だいたい」

「大変だな。窒息《ちっそく》しそうだろう」

暗にチビだと言われているわけで、他の誰かに言われたんだったらむっとするかもしれないけど、彼に言われると本当に労《いた》わってくれているような気がする。

オレ、なんだか……変？

目線をどこにやっていいのかわからなくて、ふと彼の、オレを抱き寄せている手じゃないほうの手を見ると……文庫本。ページの間に指を挟《はさ》むようにして持っている。

あれ……この本！

「オレも今……これ、読んでるんです」

「これか？」

彼は文庫本を見て、それからもう一度オレの顔を見た。

わりと軽い感じで読める、ミステリ風味の入った時代劇のシリーズだ。若い人が書いていて、時代もの復活のさきがけか、なんて言われている。文章は読みやすくて、でもちゃんと時代ものだし、主人公の剣豪《けんごう》が架空《かくう》の人物なんだけど、若くて、渋くてかっこいい。

「ええ、今、これの前を読んでいるところで……これ、最新刊ですよね」

「そうだ。昨日買ったところだ。電車の中で、いつ中断しても平気な本なので重宝《ちょうほう》している」

そうかあ。きっと、本当はもっと難しい本をたくさん読む人なんだろうな。でも電車の中で暇つぶしに読むには、軽くていいのかもしれない。

なんだか、嬉しい。

名門校に通っていて、見るからに頭もよさそうで、運動もできそうで……そういう人がオレと同じ本を読んでいるなんて。

電車が、例の痴漢が降りていった乗換駅に着く。でも、彼もオレも、そのことは口にしなか

った。

ただ、降りていく人の流れに巻き込まれないように、彼はオレの腰を抱きしめて、数歩体がずれたところで踏みとどまる。

再び電車が動き出しても、彼の手はしっかりオレを抱いたまま、揺れからオレを守ってくれる。つり革に摑まってもいないのに、足に全く揺るぎがない。

いつもはとても長く感じられる降車駅までの時間が、あっという間に流れていく。

気が付いたら、もうオレの降りる駅。

「あの、じゃ、どうも……ありがとうございました」

「ああ、気を付けて」

彼の手が離れていくのが、なんだかちょっと寂しい。

人の波に乗って降りようとするオレに、彼ははっとしたように声をかけた。

「俺は、芳野《よしの》。きみは？」

「え……あ、と、友杉誉《ともすぎほまれ》」

答えている間に彼は見えなくなってしまった。

電車のドアが閉じて、彼の顔は見えなくなってしまう。

芳野……。芳野さん。

オレは口の中でその語感を確かめた。

彼が名前を名乗り、尋いてくれたことが嬉しい。

やっぱりオレ……なんだか、変？

でもその日一日、オレは「芳野さん」という名前と、オレを抱き寄せた腕の感触を反芻していて、何度か友達から「何にやにやしているんだよ」と言われてしまったくらいだ。


その日の帰り、オレは隣駅の駅ビルにある大きな本屋に寄り道した。

今読んでいる本の最新刊……芳野さんが持っていた本を手に入れたかったから。

急いで今の巻を読み終わって、芳野さんに追い付きたい。そう思って、入り口から文庫売り場に直行……と思ったら。

途中の本棚の列の間に、見覚えのある制服を見かけた。危うく通り過ぎそうになってから、はっとして戻ってみると——

「芳野さん！」

思わず叫んだオレの声に反応して振り向いたのは……本物の芳野さんだ！

「友杉……誉くん」

驚いたように見開いた目をすぐ細めて、優しい笑みを浮かべてくれる。

オレが近寄ると、さりげなく本棚に戻した本の背表紙は、なんだかわからない外国語のものだった。

「この店にはよく来るのか？」

「ええ、今日はあれの続きを買おうと思って」

話しながら、なんだか嬉しくてどきどきしてしまう。

こんなふうに電車の中や本屋さんで立て続けに出会うなんて、すごい偶然だ。もしかして、何かオレと縁のある人なのかなあ、なんて思ってしまう。

「俺は読み終わったから回そうか？　それとも本は自分で買って取っておく主義？」

足を文庫売り場に向けながら、低い声で尋ねる。

やっぱり弦楽器の響き。

オレは小遣《こづか》いは限られているし、バイトも禁止でできないけど、本を買うお金だけは母が出してくれる。だけど——

芳野さんの読んだ本なら。

「あ……もし、よかったら……貸してもらえると嬉しいです……」

気が付いたら口が勝手にずうずうしいこと言っていた。

「じゃあ、そうしよう」

芳野さんが頷《うなず》いた時、その背後で、ちらりと黒い影が動いた。

なんだろう。

そっちを見て、オレはぎくっとした。

本棚の影に半ば隠れるようにして、こっちを睨《にら》みつけている一人の男。

目立たない黒のスーツ姿だけど、ガタイがよくて、その視線は怒りを含んで鋭くオレを見ている。

何か他のものを見ているのかと思ったけど……間違いない、オレを、このオレを、真っ直ぐに見つめている。

どうして？　あれは誰？

「どうした」

オレの視線を追って芳野さんが振り向いた時には、その男はすっと本棚の影に隠れてしまった。

なんだったんだろう……。

「誉？　どうした？」

もう一度尋ねた芳野さんの声が、オレの下の名前を呼んだことに気付いて、オレははっとした。

「――と呼んでもいいか？　これでは事後承諾《じごしょうだく》だな」

芳野さんが苦笑《くしょう》する。

「あ、いえ、名前で呼んでください。芳野さんは三年生でしょう？」

「そうだ。誉は一年？　俺のことも征司《せいじ》と呼んでくれていい」

すごく嬉しいけど、年上の人をいきなり下の名前で呼び捨てるのはちょっと難しい。

「あ……征司、さん？」

なんで名前を呼んでみただけで耳が熱くなるんだろう。

「な、なんか……やっぱり名字で……」

そんなオレを見て笑みを浮かべながら、芳野さんは言った。

「どっちでも、誉の好きな呼び方で。じゃあ、本は明日持ってくる。明日いつもの電車で」

いつもの電車で。

まるでもう長いことそうやって待ち合わせているみたいな。

オレと芳野さんはそのまま本屋を出て、改札を通り、ホームへと向かう。

「帰りも、大体この時間か？」

「あ、寄り道しなければこの前の二十四分のだけど……」

「ああ、特急のすぐ後の電車か。じゃあ俺もそれにしてみよう」

当然のことのように、芳野さんが言う。

昨日会ったばかりの人。

なのに、こんなふうに行きも帰りも時間を合わせて。

こういうの、なんて言うんだろう。年も学校も違うのに、いきなりなんだか吸い付けられるように出会って、そのまま当然のように一緒にいる時間を増やしたいと思える人。

友達？

他所の学校の上級生と？

なんだかわからないけど……オレが一方的にそう思っているんじゃなくて、芳野さんも同じように思ってくれているらしいっていうことが嬉しい。

電車に揺られながら、また芳野さんがオレを庇《かば》うようにドアに手を突いて空間を作ってくれる。

オレの見かけは、骨は華奢《きゃしゃ》だし髪の色は金茶混じり、肌の色もちょっと薄めで、ハーフとまではいかないけど、クォーターくらい？　と尋かれることがよくある。見かけから、気の弱い内気な性格だと思われることもある。

でもどっちかっていうと中身は江戸っ子のつもりだし、友達も「誉って第一印象と中身と全然違うのな」と面白がってくれる。

だから……他の誰かがこんなふうに庇ってくれたら、女の子扱いされているみたいでちょっと嫌だったに違いないと思うのに、相手が芳野さんだとそうは思わない。不思議だ。

芳野さんがあまりにも堂々とした男前で、凛とした気品があって、オレを庇う仕草がとても自然でよく似合うからかもしれない。

いろいろなことが頭をかけ巡り、電車の中ではなんとなく無口だったけど。

「じゃあ、また明日」

オレの降車駅で芳野さんがそう言ってくれた時、オレはすごく嬉しくて。

「はい、また明日」

本当はこのまま芳野さんと一緒に電車に乗っていたいと思いながら、そう答えて。

ドアが閉まっても芳野さんはドアのところに立ってオレを見つめていたので、オレも電車が動き出しても、ずっとその姿を見送っていた。


翌朝、オレはうきうきした気分で、昨日と同じようにだいぶ早めに駅に着いた。

約束の電車に遅れると大変だから。

階段を上り、ホームの中ほどの「いつもの場所」で、列には並ばずに時間を待つ。

その時。

階段と反対方向から歩いてきた人が、突然俺の前で立ち止まった。

ガタイのいい、黒っぽいスーツ姿の男。

一瞬どこかで見た……と思い、次の瞬間思い出した。

昨日、本屋にいた！

そして怒りを含んだような鋭い視線でオレを見ていた。今も同じ、刺すような視線でオレを見下ろしている。

「……あの、何か」

相手が口を開かずオレをじろじろ見ているので、オレはちょっとむっとしながら尋ねた。

すると、相手はいきなり高飛車《たかびしゃ》な声で――

「若殿とのお付き合いはご遠慮願いたい」

は？

今、なんて言った？　若殿!?

「若殿のご友人は、若殿にふわさしい厳選された方ばかりで、素性《すじょう》の知れない者とはお付き合いはなさらない」

若殿……って、芳野さんのこと？

なんとなく芳野さんには似合っているような気もするけど、なんて時代がかった……今の世に、そんな呼び方をされている人が存在するなんて！

芳野さんて、いったいどういう家の人なんだろう。

「い、意味がわからないんですけど」

相手の身長に圧倒されないように精一杯胸を張って言い返すと、男は眉間《みけん》に皺《しわ》を寄せた。

「若殿のご身分も知らずに近付いたとでも言うつもりか？　あの方は世が世なら普通の人間など近寄れもしない方だ。お前などとは身分違いだ」

今度は身分違い‼

なんだかタイムスリップしたみたいな言葉がどんどん飛び出してくる。

だけど、オレが何か下心で芳野さんに近付いたみたいな言われ方は気に入らない。

オレだって由緒正《ゆいしょただ》しいサラリーマン家庭、友杉家の一人息子。一方的に素性が知れない扱いされるいわれはない。

「芳野さんがどういう人かは知りませんけど、電車の中で話をするだけのことに、他人からどうこう言われたくありません！」

きっぱり返すと、男はため息をついた。

「見かけよりも狡猾《こうかつ》らしいな。では、これでどうだ」

胸ポケットから取り出したのは茶封筒。

無言でオレのほうに差し出すけど、なんだか嫌な感じで、手に取る気がしない。だって……

どうも中には、札束が入っている気配。

すると男は、それをオレの胸に押し付けた。

「百万ある。ただの高校生には十分な大金だろう」

「なんだよ、それ！」

これが五万や十万だったらまだわかる（といって、受け取る気はさらさらない）けど、百万って！　あまりにも常識外れの数字にはただ呆《あき》れるしかない。

これを？　これをやるから芳野さんと付き合うなって!?

いったいどういうつもりだよ!?

「冗談じゃない、こんなもので言うことを聞くなんて思うな！」

頭に血が上って、オレは封筒を持った手を思い切り振り払った。

封筒がホームのコンクリートの上にトン、と落ちる。

男がそれを拾っている間に、電車がホームに入ってきた。いつもの電車だ。

オレはぱっとその場を離れ、電車にかけ込んだ。

続いて乗客の塊《かたまり》が入ってきて、反対側のドアまで押し込まれそうになる。

そのオレの肘が摑まれ、ぐいっと引っ張られた。つり革に摑まる人たちの中に引き寄せてくれたのは、芳野さん。

「おはよう」

いつもの、端正《たんせい》で凛とした顔を和らげる、ほんのわずかに目を細めた微笑が、ちょっと不審げに変わった。

「どうした？　何かあったのか？」

たった今の出来事で、頰に血が上り、息もちょっと上がっている。

「あ……走ったから……」

「本当に？　熱があるんじゃないのか？」

ごく自然な仕草でオレの額に手を当てる。

どきっとする、その温かさ。

「熱じゃなさそうだな」

ほっとしたように唇の端を上げると、またこれが端正な笑みになる。

心配してくれるんだ。なんだかそれがすごく嬉しい。

「本は持ってきたが……荷物になるから帰りのほうがいいかな」

あ……どうしよう。オレのほうが借りるんだから、荷物になるのは構わないけど……帰りも絶対会える口実になるなら、そのほうが嬉しいし……。

「芳野さんがいいほうで」

するとそこへ、「失礼」と人をかき分けて、一人の男が近付いてきた。

あいつだ。オレに金を渡そうとした。

「若殿」

「電車の中だぞ」

男の呼びかけに、低い声で芳野さんがたしなめる。

「ご無礼を。しかし、こういうことはあまりにも短慮《たんりょ》かと」

男も声をひそめたけれど、周囲の数人が聞き耳を立てていそうな気配。

「何が短慮だ」

「素性もわからない相手と、こうして親しくなさることです」

またこれだ。完全に馬の骨扱いされてる！

オレが言い返そうと息を吸っている間に、芳野さんのほうが素早く口を開いた。

「お前は私の護衛《ごえい》であって、友人関係に口出しする権利はないはずだ」

低く抑えた、けれどぴしりと鞭打《むちう》つような厳しい声音《こわね》に、相手ははっとした。

「それは……しかし……」

「わざわざ特別許可を取って電車通学しているのに、その電車の中で起きることを妨害する権利は父にだってない」

「は……」

芳野さんの低い声の中に、気品と怒りが満ちていて、男は無言で頭を下げたけれど、次の瞬間、じろりとオレの顔を見る。

そんなにオレの素性が気に入らないわけ？

調べたわけでもないんだろうに。まあ、どこを突ついてもごく普通のサラリーマン家庭で、お坊ちゃまってわけじゃないけど。

でも芳野さんは「若殿」なんて呼ばれていて、しかもその呼び方に全然違和感がないところを見ると、相当な家に生まれた人であることには間違いなさそう。

いいのかな、たとえ電車の中でだけ会う人であっても、こんなふうに親しくしてもらって。

「誉」

オレの思考をやわらかく止めるように芳野さんが言った。

「すまない、気を悪くするようなことを。二度とこんなことは言わせないから、許してくれ」

芳野さんが謝ることじゃないのに……！

「そんなこと……！　気を悪くなんてしていません」

「じゃあ、帰りの約束はそのままに？」

オレの目を覗《のぞ》き込むように尋ねる。その、切れ長のきれいな目に、引き込まれてしまいそうだ。

「はい、帰りにまた」

「よかった」

芳野さんは本当にほっとしたように微笑み、オレもまだ近くにいるあの男のことは忘れて、またうきうきした気持ちになった。


その日の帰り。

約束の電車に、芳野さんは乗っていた。

朝の電車よりははるかに空いている。芳野さんに近寄りながらちらっとあたりを見回したけれど、あの男の姿は見えない。

ちょっとほっとした感じが顔に出てしまったんだろうか、芳野さんは気遣《きづか》わしげにオレを見た。

「今朝はすまなかった。あの前にホームで本当に失礼なことをしたようだな。護衛は明日から別の者に替えさせるから」

「あ……いえ、そんなことないです」

オレを見つめる芳野さんの視線が、真剣なものに変わる。

「誉に……話したいことがある。どこか途中の駅で降りてもいいか？　帰ってからの予定とか、門限は大丈夫か？」

予定もないし、門限なんてたいそうなものもない。

それより、どこかで降りて芳野さんとゆっくり話せるほうが嬉しい！

「大丈夫です！」

思わず弾《はず》ませた声に、芳野さんも微笑む。

それが、何か嬉しさを含んだような笑顔で、不思議な気持ちになる。

なんだろう。それほど表情を動かすわけじゃないのに、ちょっと目を細めたり、唇を上げたりするその角度で、いろいろな種類の笑みができる人なんだ。

大人っぽい、っていうのか……落ち着いた、っていうのか、気品があるっていうのか……とにかく、オレの学校の三年生でもこんな人は見たことがない。桜花ってかなりいい家のお坊ちゃんが多い学校だって聞いているけど、だとしたら芳野さんは相当の家柄なのかなあ。

なにしろ「若殿」だし、「護衛」だもんなあ。「護衛」が付くっていうことは、誘拐《ゆうかい》とか、そんな危険もあるってこと？　どんな家に生まれればそんなことになるんだろう。

ただの「お金持ち」じゃないような気がする。

次の駅で降りて、改札を抜けたところで芳野さんが左右を見回した。

「どこか……座って話せて、校則に引っかからないようなところはあるか？」

「オレの学校は、ファーストフードならＯＫなんだけど……芳野さんは？」

「大丈夫だと思う」

それなら、とオレは駅を出てすぐのところにあるファーストフードの店を指した。

「あそこは？」

「任せる」

店に入ると、芳野さんはちょっともの珍しげに店内を見渡した。

「先に買うんだな」

カウンターを見てそう呟く。

えっと……もしかして。

「芳野さん……こういうとこ、はじめて？」

芳野さんは苦笑した。

「実はそうだ」

うわあ、そういう人って本当にいたんだ。

「おなか空いてる？　それとも飲み物だけでいい？」

「誉は？」

「えっと……ちょっと、何か食べたいかな」

何しろ育ち盛りだ。身長だって、もうちょっと伸びるつもりでいるんだ。今ごろは昼飯が完全に消化されて一番おなかが空く時間。

「じゃあ、お前の食べたいものに合わせる」

「うん、じゃああの辺の席を取っておいて」

芳野さんは財布を取り出した。

「先に払うのだろう。ここから……誉の分も」

開いた財布の中に、一万円札がちらりと見えて、オレはあわてて首を振った。

「オレ、小銭持っているから、そっちで」

「そうか」

素直に芳野さんは財布を引っ込める。

こういうところがきっと、「育ちのよさ」っていうものなのかな。

無理やり奢《おご》ろうとしないところに、オレは却って好感を持った。同じセットをふたつ買って、芳野さんの待つ席に行くと、さっと席を立ってトレイを受け取ってくれる。

「俺の分はどうすればいい？　いくらだ？」

真面目な顔で聞くのでオレは首を振った。

「えっと、オレが奢ったらイヤ？　その……この前、助けてもらったお礼ってことで」

芳野さんは一瞬驚いたように目を見開き、それから頬を緩《ゆる》めて微笑んだ。

「いいのか」

「うん」

「嬉しいよ。ありがとう。ご馳走になる」

鷹揚《おうよう》に芳野さんはオレに軽く頭を下げた。

なんだか、嬉しい。

学校に成金の息子がいるけど、何かというと奢りたがって一万円札の入ったブランド物の財布を見せびらかす。

陰で「下品だよな～」なんて言いながらちゃっかり奢ってもらう奴もいるし、理由もないのに奢ってもらって借りを作るのが嫌だ、っていう奴もいる。

芳野さんはそうじゃない。自然に受け入れてくれた。オレがそうしたいから、っていう気持ちをわかってくれて、そうした、っていう気がする。

ああ、どうしよう。芳野さんの一挙手一投足《いっきょしゅいっとうそく》が、オレにとってなんだか好ましい。

「あ、そうだ、忘れないうちに」

芳野さんが鞄から例の本を取り出した。

「あ、ありがとうございます」

シリーズ物の続き。芳野さんから借りるっていうだけで特別な本みたいな気がして、両手で受け取って、鞄にちゃんと仕舞い込む。

ハンバーガーを一口齧《かじ》った芳野さんに「おいしい？」と尋くと、一瞬の間のあとに「面白い」と答えた。

大真面目なその答えのほうが面白い。

「……で、話なんだが」

食べるほうにひと区切りつくと、芳野さんがオレを真っ直ぐに見て、改まった口調《くちょう》で切り出した。

そういえば、話がしたいと言って、この駅で降りたんだっけ。

「はい」

オレも紙ナプキンで口を拭《ぬぐ》ってから、芳野さんを見る。

「俺の……家のことなんだが」

なんだろう。オレは黙って次の言葉を待ち受ける。

「その前に、今朝の護衛が、駅でとんでもない失礼をした。本当に申し訳ない」

深く頭を下げる。

あの……百万円のこと、だ。

「だが、あれにもあれの考えがあってしたことなので、許してくれ。もう二度と、家の者にあんな失礼はさせない」

「うん、もう気にしてないよ」

オレが言うと、芳野さんはちょっとほっとした顔になった。

それから一瞬言葉を探すように唇を引きしめて――

「俺は、自分がいわゆる『普通の高校生』ではないことは知っている。桜花の中でさえ、だ。桜花の寮に入ってしまえば、ますます世界が狭くなる。それが嫌で、電車通学は俺のわがままを通したが、それでもああいう余計な者はどうしても付いてくる。祖父の政治活動の関係で、子供のころに誘拐《ゆうかい》されかけたこともあるからだ。これからも、誉に嫌な思いをさせるかもしれない」

ゆっくりと言葉を選びながら、芳野さんは眉間にわずかに皺を寄せる。

「そんなこと……オレは本当に気にしてないから」

政治家や経済界の大物の息子も通っていたりすることで有名な桜花学園。その中でさえ、この人は特別な存在なんだ。

どういう家柄かわからないけど、そういう特別な存在であることに、ただ乗っかっているんじゃなくて、傲慢《ごうまん》さもなくて、自分の立ち位置をきちんと見極《みきわ》めようとしている人。

それはやっぱりすごいことだ。

そういう意味でも、やっぱりこの人は普通の人じゃない。

「俺は……」

芳野さんの口調がちょっとやわらかくなり、目を細めてオレをじっと見つめる。

「電車通学の中でいろいろ得たことも多いが、この春からは別な楽しみが加わった」

なんだろう？

「……誉だ」

「え!?」

オレ!?　確かに、オレは高校に入って、この春から電車通学を始めたわけだけど。

「時々同じ車両になって、最初のころはああ、またあの子が乗っている、と思う程度だったんだが」

優しい口調、弦楽器の調べのような低い声で、芳野さんは話し続ける。

「自分の前の席が空いた時、自分は座らずに、近くにいた老婦人に席を譲った。それがちょっとはにかみながらもとても自然で、微笑ましかった。それ以来、無意識に車両の中にお前を探すようになった」

そんな……覚えてないけど、そんなこともあっただろうか。

「女性のヒールで足を踏まれ、謝る相手に『お互い様ですから』と言いながら、その後しばらく、痛みに耐えて我慢していたり……たまたま朝のラッシュに赤ん坊を連れた女性が乗ってきて、お前の前にその赤ん坊の顔が来た時に、百面相をして笑わせたり……そういういろいろな表情を見ていて、心が和《なご》んだ。本を読んでいる時はとても真剣な横顔で、何を読んでいるのか知りたくなった」

う……わ。

どうしよう、頬が熱くなる。そんなに前から、芳野さんはオレのことを見ていたんだ。

「それでも……ただ電車の中で見ているだけで気持ちが明るくなる相手、とだけ思い、声をかけるつもりはなかったんだが……あの、痴漢に遭った時には心底腹が立って」

それで……助けてくれたんだ、あの時。

偶然じゃなくて、オレを見ていたから。

「あの時は……本当にありがとう。オレ、他のことだったらきっと自分でなんとかできたと思うけど、あの時だけは……」

自分が男だから、痴漢に遭うなんて考えたこともなかった。痴漢かどうかの見極めも難しくて。でも、あの手はすごく不快で。それを、芳野さんが助けてくれた。

「うん、誉の顔を見て、すぐ何が起きているのかわかった」

芳野さんは組み合わせた両手に顎の先をちょっと押し付け、オレを見つめる。

「誉は……変わらないな」

「え？」

「普通、あんな護衛がついていて、金を渡すから近付くな、などと言われれば、たいていの人間が引くと思う。それなのに誉は、金を受け取らず、同じように俺に接し、こうして付き合ってもくれる」

それは……だって。

「俺が自分からこんなふうに誰かと親しくなりたいと思ったのははじめてだ」

微笑みながらの台詞《せりふ》は……なんだか恋の告白みたいに甘くて、でも、でも、その言葉が嬉しくて……

「オレも……芳野さんとこうしているの、た、楽しいし」

真っ直ぐ顔を見るのが恥ずかしくて、思わず俯《うつむ》く。

本当は楽しいのとはちょっと違う。

緊張もするし、胸がどきどきしたり、顔が熱くなったり、普段友達と接するのと違う反応をしてしまうことに戸惑《とまど》ってもいる。

だけど……嬉しい。こうしていることが。

本当に何なんだろう、この気持ち。

「……出るか」

ふいに芳野さんが立ち上がった。トレイを持ち、

「これをあそこに置けばいいのか？」

と、オレの背後にあるゴミ箱を見る。

「あ、オレが。ここ分別細かいから」

トレイを受け取って、紙とプラスチックを分別していると、芳野さんもオレの手元を見ながら、ちゃんと自分の分を分別して捨てる。こんなことしたことがない人だと思うのに。

外に出ると、風が、火照《ほて》りっぱなしの頬に涼しい。

通学で毎日通ってはいるけど、降りたことはなくて知らない街。たぶん芳野さんも。けれど芳野さんが何気なく駅と反対方向に足を向ける。オレも並んで歩く。

微妙な距離。友達とじゃれ合って歩く時とも、親と一緒に出かける時とも違う、もうちょっと近付いたら腕と腕が触れ合いそうな、それでいてそれが怖いような。

ロータリーの向こうに、緑の木々に囲まれた、あまり人気のない公園がある。

あそこを歩くのかな、って思ったら……やっぱりそうだった。

「いいな、こういうところは」

なんていうこともない、砂地の公園。のどかな午後から日暮れに向かう風が吹き始めた、心

地いい時間。

ベンチがぽつぽつあるけれど他には遊具もない。一角に鳩の群れが歩き回っているだけの空間。小さい子どもが、その鳩を蹴散《けち》らして遊んでいる。

オレたちは、とくに会話を交わすでもなく、なんとなく公園の中のベンチのほうへと向かう。

そこへ突然、公園を斜めに突っ切るように横方向から自転車が現れて、オレたちの前を猛スピードで横切った。

「危ない！」

力強い腕が、とっさにオレの体を引き寄せる。

「おい、待て！」

芳野さんの鋭い声を背中に受けながら、若い男が乗った自転車はそのまま走り去ってしまった。

そして……オレはぴったりと芳野さんの胸に押し付けられている。形の整ったブレザーの、ぴんと張った上質な布の感触。けれどその下に、芳野さんの鼓動《こどう》がわずかにわかる。

「……大丈夫か」

芳野さんの声が、低く……わずかに掠《かす》れている。とっさの瞬間オレを抱き寄せ、抱きしめてくれた両腕。

「だ……いじょ、ぶ」

それが恥ずかしくて、離れたいようで、でも離れがたくて。

どうしちゃったんだろう、オレ。

それが一瞬だったのか、数分間のことだったかもわからないけど。

「……あ」

芳野さんが穏やかな声を小さく上げて、オレを抱く腕をちょっと緩めた。

なんだろう？

芳野さんが上を見ているのでオレも同じ方向を見上げると……小さな白い花が、近くの木から舞い落ちていた。

くるくると風車のように回りながら。

芳野さんの片手がオレの体から離れて、頭の上にそっと触れ、そしてオレに見せた。

舞い落ちてくる花と同じもの。

気がつけば周囲にも同じ木が立っていて、同じようにくるくると回りながら淡雪《あわゆき》のように舞い落ちてくる。

芳野さんの肩にも花が舞い落ちて、オレも思わずそれをそっと指でつまんだ。

ひとつずつ相手から取った花を見て、それから目が合う。

ふっと芳野さんが微笑んだ。

つられてオレも笑う。ぎこちない照れ笑いのようになるのを感じながら。

彼の手が、肩から腕に沿ってそっと下に辿り、オレの手に触れた。

その瞬間、ぴりっと電気が走ったように体が震える。

その手が優しくオレの手を握る。

オレも……どぎまぎしながらその手を握り返す。

向かい合ったまま手を繋《つな》いで……オレたちは時が止まったように、立ち尽くす。

自分の中から溢《あふ》れてくる、訳のわからない感情。恥ずかしくて、嬉しくて、でもどこか頼りなくて、今すぐこの場から逃げ出したいような、このまま時が止まって欲しいような。

芳野さんの目にも、優しさと、喜びと、かすかな戸惑いが見て取れる。

その背後にくるくると落ち続ける花がとてもきれいで。

その時、どこかから鐘の音が聞こえてきて、オレは思わずびくっとした。

夕焼け小焼け。オレの家の周りでも、五時になるとこれが流れる。

「……帰ろうか」

そう言った芳野さんの声の中に名残惜《なごりお》しさがはっきりわかる。

でも。そう、帰らなくちゃ。ずっとこうしているわけにはいかないんだから。

明日もまた電車で会えるんだから。

公園の出口に向きを変えると、一人の目立たない背広姿の男が、すっと体を後ろに引いたのが見えた。

あ——護衛、だ。きっと。あの黒っぽいスーツの男とは違う、目立たない平凡な感じの男。

顔は別な方に向けながらも、こっちに神経を向けているのがなんとなくわかる。

けれど芳野さんは気付きもしないようにオレの手を離さず、その男の前を通り過ぎる。

そのままオレたちは駅に向かい、ホームに立った。

すぐに電車が来る。いつもより少し遅い時間で、かなり混んでいる。

手を繋いだまま乗り込み、そのままぴったりと体を寄せ合っても、不自然に見えない混み方がかえって嬉しい。

胸も、腿のあたりも、芳野さんに触れている。鞄を持つのと反対側の手を繋いだままで。

大きな手。けれど指はすんなりと長く、温《ぬく》もりがオレの手に伝わってじわじわと溶かしていくみたいだ。

どきどきして、頬が熱くて、まともに顔を上げられない。

電車が揺れて、思わず体重を預けても、体全体でしっかりと支えてくれる。

「週末……うちに遊びに来ないか」

囁《ささや》くように芳野さんが言った。

うちって……芳野さんの家？　護衛がいて「若殿」なんて呼ばれている芳野さんの家に？

オレみたいな馬の骨が遊びに行ってもいいようなところなんだろうか。

でも……でも、誘ってくれたのが嬉しい。

「……うん」

顔を上げられないまま頷くと、オレの手を握る芳野さんの手にぎゅっと力がこもった。

「もっと……俺のことを知ってほしいから」

オレだって知りたい。もっと芳野さんのことを。

「じゃあ、土曜日、西種子田《にしたねだ》駅の改札に……二時ごろでいいか？」

オレの家の最寄駅から、学校と反対方向に二駅。芳野さんは毎朝そこから乗ってくるのか。

「改札に……二時」

小さな声で繰り返す。

やがて電車はオレの降りる駅に着いてしまい、降りる人の流れに引き裂かれるように体が離れ、手が離れる。

けれど、人波の向こうに埋もれる寸前に、彼が微笑んだのがわかった。

嬉しそうに、優しく。

思わずオレも微笑み返したけれど、すぐに階段へ向かう人々に押し流されてしまった。

でも、手には芳野さんの手の温もりが残っている。

なんだか……まるで、恋する相手と次を約束して別れたみたいな感じ。

そう思ってから、オレはぎくっとした。

恋!?　まさか!!

だって、電車の中で何度か会話をして、今日はじめて一緒にちょっと寄り道をして……でも……手を握った時のどきどきする感じ、降りる駅に着いてしまった時の名残惜しい感じ……。

偶然電車で会った他校の上級生と「友達になった」っていう言葉は全然しっくりこない。

だけど、男同士なのに。

オレは一体どうしちゃったんだろう。

それを言うなら……芳野さんだって、どうしてわざわざオレと……。

わからない。もしかしてオレ、芳野さんに恋しちゃったんだろうか。

自分の中で「それ」を否定しきれない気持ちが、家路を辿《たど》るオレの頭の中をずっとぐるぐるしていた。

＊＊＊

はじめて降りる駅に着くと、改札の向こうに芳野さんの笑顔が見えた。

若草色のシャツを着て、下にはジーンズ。

へえ、私服だとこういう格好するんだ。オレはさんざん悩んだ挙句《あげく》に結局チェックのシャツに綿パン。そんなにギャップがなくてよかった。

「若殿」なんて呼ばれ、護衛が常に付くような芳野さんのこと、私服でもかっちりしたジャケットや、もしかして紋付《もんつき》なんか着ていたらどうしようかと思ったけど、普通でほっとする。

「よく来てくれたな」

芳野さんが微笑む。

「お言葉に甘えて」

大人っぽい言い回しを使って、オレは照れ笑いになった。

「じゃあ……こっちだ」

駅の外に連れ出されると、広々としたロータリーに、一台の車が停まっていた。

シルバーの……ベンツ！

オレと芳野さんを見て、側に立っていたスーツ姿の男が恭《うやうや》しく頭を下げ、後部座席のドアを開ける。

ひええ、やっぱりこういう感じなんだ！

「先に」

芳野さんに促《うなが》されておそるおそるベンツに乗り込む。

こんな車に乗るなんて一生に一度の機会かも。車内は広々として、ほどよく使い込んだ革の匂いがする。

「歩くとちょっと距離があるからな」

オレに続いて乗り込みながら芳野さんが言って、同時に外側から丁寧《ていねい》にドアが閉められた。

閉めた男がそのまま助手席に乗って、紺色のジャケットに帽子をかぶった運転手が静かに車を発進させる。

車の中ではあまり会話はしなかった。オレは慣れない高級車の中で、窓の外の知らない町並みを見たり、横に座る芳野さんを見たり、ちょっときょろきょろ。

芳野さんはずっとオレを、男らしい顔立ちを優しく見せる笑みを浮かべたまま見ている。

やがて、大きな家が増えてきたなあと思っていたら、助手席の男が「正面でよろしゅうございますか」と尋ねた。

「もちろんだ」

冷静な声で芳野さんが答える。

すると車は、道の突き当たりにある、左右に長い石造りの塀《へい》が伸びていて、大きな木の扉がある家……というよりお屋敷？　に真っ直ぐに進んだ。

自動ドアみたいに木の扉が観音開き《かんのんびら》きに内側に開く。

車はそのまま中へ。

うわああ。内側から門を開けたらしい男が、深々と車に向かって頭を下げている。

そして車は、広葉樹の並木に守られているかのような道を、何度かカーブしながら進む。家は？　家はどこ⁉

並木の間から見えるのは、ゴルフ場みたいな広い芝生《しばふ》や、あちこちにきれいに配置されたでっかい盆栽みたいな木々。

途中から道が枝分かれして、その向こうに土蔵のようなものが並んでいたりもする。

これ……東京ドームとどっちが広いんだろう。

やがて正面に大きな日本家屋が見えてくる。人が住んでいる家っていうよりは、なんか……観光地にある旧家みたいなのを、もっと大きく、もっと新しくしたみたいな。

なんて言うんだっけ……京都の銀閣寺みたいな、校倉造《あぜくらづく》り？　書院造《しょいんづく》り？　違う？

ひええ、歴史は嫌いじゃないけどこれはもう全然わからない世界。

近付くにつれ大きさを増してくるその建物の正面に、二十人くらいの男女がいて、車を迎え入れるように二列に並んでいる。

人々が深く腰を折る、その真ん中にゆっくりと車が停まった。

両側から、紺色のスーツ姿の男性が静かに近寄ってきて、芳野さん側のドアと、オレのほうのドアを同時に開ける。

開けたまま深々と下げている男性の白髪頭《しらがあたま》が眼に入り、どっちの足から降りていいかもわからなくなってしまう。

その間に芳野さんは車から降り立ち、同時に並んでいた人々が揃《そろ》って頭を更に下げた。

「お帰りなさいませ、若殿さま」

芳野さんは「戻った」と重々しい口調で言い、どうにかこうにか車から出た、オレに視線を向ける。

「大切な客人だ」

「いらっしゃいませ」

うわああ、あの、オレにそんなに頭下げなくてもいいから……！

「お、お邪魔します」

どうしていいかわからなくなってそう言うと、芳野さんが車の前に回って、オレに微笑みかけた。

「誉、着いた。中に入ろう」

その芳野さんの笑みも口調も、電車の中で会っている時と変わらなくて。オレはようやく自分の足が地面にくっ付いているのを自覚した。

敷地に入る前の、普段は閉ざされているらしい門とは違い、広い玄関は開け放しになっている。

一段上がったところからは赤系の複雑な模様が織り込まれた絨毯《じゅうたん》が、びっしりと敷かれている。

正面に明るい木目調《もくめちょう》の飾り台があって、豪華な花の生けられた大きな花瓶が載っている。

その向こうは全面ガラスで、この建物の少なくとも見えている部分は、一階建てで日本庭園を囲む「ロ」の字型になっていることがわかる。

白砂に大きな石が配された、どこかのお寺みたいにきれいな庭だ。

けれどさっき車から降りて感じた限りでは、きっとこの部分は、お屋敷のほんの一部。

「誉」

優しく呼ばれて、オレは自分がぽかんと口を開いてることに気付き、はっとした。

芳野さんはもう、一歩先の段の上。

あわてて靴を脱ごうとしたら、芳野さんが「そのままで」と言うので見てみると、確かに靴のまま。

ううう、まるで旅館かホテルみたいだ。

ここは土足でもいい場所で、どこかからきっと靴を脱ぐんだ。そう思おう。

靴の裏があまり汚れていなければいいけど……と、背中を冷や汗が伝うように感じながら、オレはおそるおそる絨毯に足を乗っけた。中庭を左に回り込む手前に、白髪の、黒いスーツ姿の老人が、背筋を正して立っている。

「お部屋に準備をしてございます」

上品で丁寧な口調に、芳野さんは頷く。

「特別なことはいい。父上からの用事以外は取りつがないように」

大人……だ。オレとたったふたつしか違わない高校三年生なのに、自分よりも年上の相手の上に立って……しかもそれが傲慢に見えない、ごくごく自然な態度。

オレと話すときは「少し大人びた高校生」だけど、今の芳野さんは本当に「大人」だ。

老人は頷いてから、オレを見た。

「友杉さま、ようこそおいでくださいました」

名前で呼ばれて思わずびくっと緊張する。

「お……お邪魔します」

としか言えない。

老人が一度視線を伏せて一歩下がりながら、ほんの一瞬ちらりとオレを見るその視線が、気のせいかうさんくさそうな光を宿しているような気がした。

この人たちが仕える「若殿」に相応《ふさわ》しい友人かどうか、疑っている？

そうだ。オレに金を渡そうとした護衛の男だって、「身分違い」なんて言ったくらいだ。きっと普段遊びに来るのは、「選ばれた」友達とかで、オレみたいなのはきっと歓迎されていないんだろうな。

けれど、芳野さんがオレの背中に軽く手を当てて、使用人たちを背に歩き始めると、やっと少し落ち着いた。

中庭を囲む、屋根のついた廊下を歩む。中庭の反対側は、きらびやかな絵の描かれた襖《ふすま》で、この中庭を囲む空間自体がひとつの芸術品みたいだ。

廊下を進み、角を曲がり歩いていくと、次第に高窓から光が差し込む奥まった感じの空間になってくる。

人の気配もなくて、オレと芳野さんの足音だけが静かな空間に響く。なんだか足音も立てちゃいけないような気がする。

「どうした？」

芳野さんに尋かれて、オレは自分がため息をついたことに気が付いた。

「え……あ、すごい家だなあと思って」

そもそも「家」っていう言葉が似合わない。お屋敷とか、邸宅とか……？

「寺みたいだろう？」

芳野さんが苦笑する。

うん、確かにそれが一番近そう。

「ここだ」

芳野さんが、廊下の突き当たりの扉の前で立ち止まった時、正直オレはほっとした。

このままどこまで歩くんだろう、一人じゃ絶対に玄関まで戻れない、って思っていたところだったから。

手前開きのドアを開けて「中へ」と芳野さんが促す。

足を踏み入れると……また廊下！　二メートルくらい先にまた扉がある。

けれどそこは、今までのお寺みたいな日本家屋とは全く違う空間だった。

サッシの窓にグリーンのカーテン。明るい色調の木目の壁。足元もフローリング。背後のドアを閉めた芳野さんが、前方のもうひとつの扉を開けると、明るい日差しが目に飛び込んできた。

「俺の部屋だ」

芳野さんがそう言って、オレの背中を軽く押す。

高い天井！

二十畳くらいありそうな洋間で、大きな窓から外の日差しが差し込んでいて明るい。

壁はベージュ系の、小さな模様がついた壁紙が貼られていて、床はフローリングの上に明るいグリーン形のカーペットが敷かれている。

布張りのどっしりとしたソファセットや壁にかかった風景画などが、少なくとも今までの異世界みたいな空間と違って、「豪華な洋室」っていう感じだ。

奥の壁には、他の部屋に通じているような扉がふたつ。

そして、窓と反対側のアンティークっぽいデスクの上に電話とパソコンが置いてあって、オレはなんだかほっとした。

これなら理解のできる空間、っていう感じがする。

「ようこそ、俺の部屋へ」

芳野さんがそう言って、オレをソファのほうへと促す。

「ここが……芳野さんの部屋……？」

「ここと、あの奥に書斎と、寝室がある。そっちは書庫だ」

書庫、と示されたほうを見ると、今入ってきたドアに並んで、ひとつの扉があった。

ひえ〜、すごい！

「芳野さんの部屋だけ、他と雰囲気が違うんだ」

「ここは俺専用の離れだから。庭も他からは入ってこられない専用の庭だし」

そう言って、オレを三人がけのソファに座らせ、オレの右手の一人用のソファに腰を下ろす。

引きしまっていた口元がほころんで、優しい目でオレを見る。

あ、芳野さんだ。

「大人じゃないほう」の、オレが知っている芳野さんの顔だ。

なんだかほっとして、嬉しくて、頬が緩む。すると、芳野さんも、ふっと目を細めた。

「ようやく二人になれたな」

あ……！　本当だ。電車の中でも公園でも他に人がいたのに、今は本当に二人だけ。

それは芳野さんが、オレと二人きりになりたいって思ってくれたってことだよね？

どう答えていいのかわからなくて、耳がまた熱くなりただ頷く。

すると芳野さんはちょっと口調を変えた。

「驚かせたか」

「ちょ……ちょっと。でもなんとなく想像はしてたから……豪邸だろうなって」

「国許《くにもと》の本宅ほどではないけれどな」

さらりと言いながら、テーブルの上に用意されていたティーセットの、ポットにかぶせられたカバーを取る。

銀のポット。真っ白な花模様が浮かび上がったカップ類。焼き菓子がきれいに並べられた白い皿。

でもそんなものより、オレは芳野さんの言葉のほうに目を白黒させてしまった。

「く……国許!?」

「ああ」

芳野さんは淡々と頷き、それからオレをじっと真正面から見つめた。

真剣な瞳。

「今日来てもらったのは……誉に話したいことがあったから。誉に、俺のことを知って欲しかったからだ」

な……んだろう。でも、芳野さんのことを、確かにオレはもっと知りたい。

「話して……」

そっと言うと、芳野さんは頷いた。

「俺は、自分の生まれがあまり普通ではないことは知っている。桜花の中にいてさえだ。俺の家は、旧江島藩《きゅうえじまはん》の藩主だ」

　藩主。それって……

「あの有名な？　江戸時代の大名？」

　そうだ。今読んでいるあの本だって、大大名の江島藩を意識した藩が出てきて、幕府をしのぐ莫大《ばくだい》な隠し財産を持ち、主人公の剣豪はそこの出身ってことになってる。

　でも、それはあくまでも江戸時代の話。

「それは……昔は……だよね？」

「困ったことに、実質的には今も、なんだ」

　芳野さんは苦笑してみせた。

「今も……？」

「そうだ。もともとは徳川などよりずっと古い嵯峨源氏《さがげんじ》の子孫だし、歴史の教科書に先祖が出てきたりもする。明治以降は侯爵家《こうしゃくけ》だ。そして今は、祖父は国会議員だし、父は本来の国許である県の県知事だ。この家は……そう、昔で言えば江戸屋敷というところか」

　ま、待って、頭が追いつかない～！

　元大名とかが、明治時代に華族《かぞく》になったのは知ってる。でも、今はそういう人たちも領地を失って、ちょっとセレブ、みたいな感じで普通に暮らしているのかと思ってた。

　そうじゃなくて、昔自分ちの「藩」だったところで今も県知事をしている……つまり実質的には藩王のままだってこと？

「で、でも知事って選挙で選ばれるんでしょう？」

「そうだ。県民も、それだけ昔の藩主を慕《した》ってくれているということだ」

淡々とした芳野さんの声は、決して誇張には聞こえないし、自慢でもない。

事実。

それに……おじいさんが国会議員って……もしかして、こないだ大臣になった人？　芳野って名字の人がいる。

ぽかんとして、何を言っていいのかわからなくなってしまったオレを見ながら、芳野さんはソファの背に身を預ける。

「そういう家はうちだけではない。国許の県知事などになっている元藩主は結構いるし、中には我が家と確執《かくしつ》があってくだらない諍《いさか》いを代々繰り返している家もあるくらいだ」

ため息とともに吐き出された芳野さんの言葉に、オレは茫然《ぼうぜん》としてしまった。

あの、オレに金を渡そうとした男の言葉が蘇《よみがえ》る。

身分違い。

世が世なら近付くこともできない。

まさにその通りだったんだ。

そしてオレは……ふと不安を覚えた。

そんな人とオレが、親しくなっていいんだろうか。

あの金を渡そうとした護衛、さっき玄関でちらりとうさんくさげな目つきを見せた使用人。きっと芳野さんの周囲では、「若殿」に近付く人間はちゃんと決められていて、オレみたいな馬の骨と親しくすることは、芳野さんがよくても周囲が許さないんじゃないだろうか。

まさか……今日家につれてきて、オレにそんな話をするのは、こういう事情だからあまり表立って親しくできないとか……そういうことを言いたかったから……？

オレの顔に不安が浮かんだのを読みとってか、芳野さんはオレのほうに身を乗り出した。

「誉」

真摯《しんし》な瞳が真っ直ぐにオレを見つめる。

「俺がこんな面倒な人間だと知って、それでも同じように俺と付き合ってくれるか」

——え？

「今まで俺の周囲には、誰かが選んだ人間しかいなかった。学校でも、周囲にはそういう『友人』しかいないし、俺も自分はこういう生まれなのだからそういうものだと思っていた。だが……誉は違う。俺が、自分から近付き、親しくなりたいと……こんな気持ちを抱いたのは、誉がはじめてなんだ」

う……わ、頬が熱くなる。

だって……だって、芳野さんの言葉には抑えた熱っぽさが含まれていて。芳野さんがただの気まぐれじゃなくて、本当にオレと「付き合いたい」って思っていることがわかるから。

でも……。

「どうして……オレ？」

尋ねる言葉がわずかに掠れる。

すると芳野さんの目がふと細くなった。

「この間言ったように……俺はずっと、誉を見ていたから。誉の電車の中でのいろいろな行動や表情を見ているうちに、どんどん誉に惹《ひ》かれていったから。知らないうちに、電車に乗るとお前を探すようになっていて……それでもいきなり声をかけたら迷惑かと思って控えていたのだが――」

一瞬視線を下に落とし、またオレを見る。

「あの卑劣な痴漢を見た時に、かっとなって、考える前に行動を起こしていた」

言葉のひとつひとつから、芳野さんがどれだけオレのことを真剣に考えてくれていたのかわかる。

芳野さんはふと立ち上がり、中庭の見える窓辺に歩んだ。

オレに背中を向けながら言葉を続ける。

「こういう家だから、先日のように誉に不愉快な思いをさせることもあるかもしれない。誉を驚かせるようなこともあるかもしれない。あまり自由な時間も多くはないし、国許に戻ることもあるから思うように会えないかもしれない。こういうオレと付き合うことは、誉にとっては嫌なことではないか？」

その声に……平静を装《よそお》いながらも不安が含まれていることはすぐわかる。

オレは反射的に立ち上がった。

「嫌なわけない。オレだって、最初に助けてもらった時から、芳野さんが気になって……護衛の人に止められた時だって自分の気持ちできっぱり断ったくらい、芳野さんのことが好きなんだから！」

言ってしまってからオレははっとした。

好きって……言っちゃった！

どうしよう。自分でもよくわからないこの「好き」っていう言葉。芳野さんはどういう意味で受け止めただろう。

い、いや、オレがなんだか意識しすぎちゃってるだけで、普通に友達同士でも「好き」って感情はあると思うから……そう受け止めてくれる……よね？

だ、大丈夫。

なんとか自分にそう言い聞かせて芳野さんを見たら……

芳野さんは目元をわずかに紅潮《こうちょう》させて、オレを見ていた。

「本当に……？　本当にこんな俺を好きだと思ってくれるのか……？」

嬉しさの滲《にじ》む声音。

もう、意味なんてどうだっていい。

「うん、好き。オレだって、こんな気持ちはじめてなんだ……こんな……」

声がだんだん震えてくる。どうしよう。オレの「好き」は……

芳野さんがオレに歩み寄った。

間近でオレの顔を見つめる。

瞳に映る、紅潮したオレの顔。

「嬉しい、誉……俺も……お前が好きだ」

あ……！

芳野さんの「好き」がずきんと心臓を疼《うず》かせた。

その瞬間、オレはわかってしまった。

一緒だ、オレたちの気持ち。

同じ意味の「好き」だ。それが今、はっきりわかる。

オレを見つめる優しい目。

お互いの瞳を見つめ合ったまま、なんだか目がそらせなくて、体も動かせなくて……。

それから、ふうっと引き寄せられるように、体が近付いた気がして。

頭の芯《しん》が痺《しび》れたように、何も考えられなくなる。

芳野さんはそっと屈むように、オレのほうに顔を近寄せてくる。

どうしよう、体が動かない。

それどころか、瞳が自然に閉じて――

唇に、熱くやわらかいものが触れた。

キス。

触れるだけの、優しい、けれど体中が震えだしそうな、体の芯から熱いものが込み上げてくるような、オレのはじめてのキス。

男同士で。そんなことは頭から吹き飛んでしまう。そんなこと関係ない、きっと出会った最初から、オレは芳野さんに恋していたんだから……！

一瞬にも永遠にも似たキス。

芳野さんはそっと唇を離す。オレも閉じていた瞼《まぶた》をそっと押し開ける。

う……わ！

どうしよう、芳野さんの嬉しそうな、いとしげな笑みを浮かべた顔を見たとたん、恥ずかしくて顔から火が噴き出しそう！

と、芳野さんはふっと微笑んでオレの頭を抱き寄せた。

芳野さんの胸に顔を押し付けるように抱きしめられる。

耳に伝わる速い鼓動。オレのも。

「また……来てくれるか？」

そっと芳野さんが尋ね、オレは抱きしめられたまま頷く。

それから……オレたちは言葉少なになって、内線の呼び出し音が響くまで、そのまま抱き合っていた。

＊＊＊

わあぁ。キスしちゃった。

芳野さんとキスしちゃった！

運転手付きの車で家の近くまで送ってもらい、名残惜しく別れて家に帰り、自分の部屋に入ると、急にオレは恥ずかしくて嬉しくて一人で暴れ回りたくなった。

はじめてのキス。

はじめての恋！

相手は男で、しかも「若殿」なんて呼ばれちゃうものすごい家柄の人で、まさに「身分違い」──「世が世なら」なんだけど。

そんなこと全部吹っ飛んでしまうくらい、恋って強い気持ちだったんだ！

嬉しくて、不安で、切なくて、ちょっぴり不安もあって、でも嬉しい。

ベッドに倒れ込んで枕を抱えてじたばたし、それからふと考える。

男同士の「恋」って、どこまで進むんだろう。

キスした。

その先って、あるんだろうか。女の子と付き合うみたいに。

女の子と何かすることだって、あんまり具体的に知っているわけじゃない。ましてや男同士だなんて、何をするのか想像もつかない。こんなこと考えるのはおかしいのかな。

でも、芳野さんに抱きしめられて……何度もキスをして……なんて考えていると、オレの体の一番正直な部分にぐぐっと血が集まるような気がする。

付き合う、即エッチだなんて思わない。

心と心が通じて、ゆっくり気持ちを育てていきたいとは思う。

けれどどうしても、そっちのことも考えてしまって。

オレってこんなに即物的《そくぶってき》だったのかな。

でも……でも、好きって、そういうことも含めての気持ちだって思う。

大丈夫。芳野さんについていけばいい。

何か二人の関係に変化があるとしたら、芳野さんが引っ張ってくれる。オレはそれについていけばいいいんだ。

オレは枕を自分の気持ち代わりに抱きしめて、だいぶ遅くまでじたばたしていた。

まさか、そんな想いでいっぱいのオレに、想像もできないようなとんでもない変化が起こるなんてことは考えもしないで。

＊＊＊

「たっだいま～」

翌日、いつものようにうちの玄関の戸を開けると、見たことのない革靴《かわぐつ》がふたつ並んでいた。

お客さんかな？　珍しい。

声だけかけておいて、まず二階の自分の部屋へ……といつものパターンで階段を駆け上がろうとしたら。

「誉」

階段脇の廊下のドアが開いて、リビングから母が顔を出した。

「ちょっと、そのままでいいから、こっち」

真面目な、戸惑ったような不思議な表情。

オレが時々クォーター？　なんて言われるのは、この母に似たかららしい。ただ、オレのほうが母より髪の色も瞳の色も薄くて、目がでかい。

「何？　どしたの？」

思わず声をひそめて尋くと「いいから、早く」と手招く。

仕方ないので母の後からリビングに入る。

まず目に入ったのは、父の姿だった。会社はどうしたんだろ。朝着て出て行ったスーツのまんま。

そして……オレが入るなり窓際《まどぎわ》のソファからぬっと二人の男が立ち上がった。

「お帰りなさいませ、若殿」

…………………………は？

今なんて言った？

五十がらみのちょっといかつい肩幅の広い男と、三十過ぎくらいの、どことなくホテルマンを連想させる物腰の男。

見覚えは全くない。

えーと、えーと、何か芳野さんの関係の人たちだろうか。「若殿」なんていう言葉に結び付くのはそれしかない。

「かーちゃん」

思わず母を見ると、母も困惑《こんわく》している。

「あの、まず、誉に説明を……とにかく、お座りください」

「若殿がお立ち遊ばしたままでは」

若いほうの男が重々しく言う。

そもそもうちのＬＤＫは十二畳くらいしかなくて、四人がけのダイニングセットと、窓際の二人がけのソファしかない。

ダイニングセットの椅子のひとつには父が。

ソファには客が。

「誉、とりあえず」

母がダイニングの椅子をひとつオレのほうに押して寄越して、オレはダイニングテーブルとソファの間に、斜めにソファに向かい合うような中途半端な位置で、そろそろと椅子に腰を下ろし、鞄を椅子の脇に置いた。

男たちはそれでもまだ座らず、オレに向かって頭を下げる。

「お初にお目にかかります。私どもは、若生《わかお》家の使いの者でございます」

「はあ……」

若生家ってナニ？？

オレがぽかんとすると、若いほうの男は表情を変えずに言った。

「おわかりにならないのも無理はございません。若生彰正《あきまさ》という名前はご存知でしょうか」

ええと……ええと……なんか、聞いたことある。テレビの大河ドラマか何かで見たんだっけ、江戸時代の、どっかの藩の藩主。

「あの、亀飼ってた人……？」

何をした人かよく知らないけど、ドラマの中で亀を可愛がっていたのだけは覚えてる。

「誉っ」

情けない、といった感じの小声でたしなめたのは母。

けれど年配の男のほうが、軽く手で母を止めた。

「いえ、それだけでもご存知遊ばしてくだされば」

上着の裾《すそ》を軽く引っ張り、背筋を伸ばす。

「実は、誉さまは、その若生家の正統の血筋でおいで遊ばすことが判明し、当家に若殿としてお迎え申し上げることとなり、本日はそれをご説明に上がりました」

はあぁ!?

オレが若生家とやらの正統の血筋の若殿!?

芳野さんじゃあるまいし、だいたいこの平成の世に、そう若殿がごろごろしているわけがない！

もしかしてオレって貰《もら》われっ子？

思わず父を見ると、眼鏡《めがね》がずれそうなほどの勢いで首を横に振る。

「父さんじゃない、父さんは関係ない、母さんだ」

で、母のほうを見ると、母は芯から困り果てた顔。

「母さんも知らなかったのよ、全然。母さんのほうのご先祖が、そっちの出なんだっておっしゃるんだけど……」

「お母さまの曾《ひい》お祖父《じい》さまが、もともと若生家の出でいらっしゃるのです」

若い男が説明する。

なんでも若生家というのは南北朝時代にはすでに存在した古い家系なんだそうだ。そして一度も他所から養子を迎えることなく、直系の男子に引き継がれ、栄えていた。

ところがここに来て、今の当主の跡を継《つ》ぐ人がいなくなり、数代前まで遡《さかのぼ》った結果、母の血筋としてオレが浮かび上がったとか。

明治時代に、当主が北欧系の女性と結婚し、子どもが生まれた。

だけど当時の「華族さま」とやらは、国の許可がないと結婚できず、外国人との結婚など許される状態じゃなかったとか。

で、その当主は家長の地位より愛する女性を選んで若生家を出て分家、当主の弟の子どもが当主となって、今まで来たらしい。

それが、今や高齢で寝たきりとなってしまった当主に子どもがいなくて。

で、探し当てたのがオレ、ってこと。

「だって……とっくに分家して、関係ない家になっているんですよね……？」

オレの疑問に、いかつい男が首を振る。

「関係はございます。と言うよりは、誉さまこそ、もともと正統の当主の子孫に当たられる唯一の男子でございますから」

「その……北欧系の女性っていうのは、問題にならないわけ……？」

言いながら、思わず自分の金茶がかった髪を引っ張ってみる。

「現在では国際結婚に全く問題はございません。系図上も、その方は正式な奥方として扱うことになっております」

………う～ん、ということは、やっぱりオレがその若生家とやらの直系ってのは間違いないわけ……？

「だけど、それでオレは何を……？」

「まずは、国許にお入りいただき、大殿とのご対面を。それから、若殿としてのお立場を勉強なさっていただきたく」

無理無理無理無理！

オレはぶんぶんと首を振った。

国許とか若殿とか、芳野さんを見ていればなんとなくその立場はわかる。

芳野さんは一見何不自由なく見えるけど、すごく厳しく自分を律して、電車通学ですら護衛付きで、自分の部屋の中でだけ、ようやくほっとできる人だ。

「オレにそんなの、絶対無理！」

なんとか助けてくれと両親を見ると、両親も困惑して顔を見合わせ、父がおそるおそる尋ねる。

「そうすると……私どもにとっても誉は大事な一人息子ですが、この子を手放せと……そういうことになるのでしょうか。それは困ります」

そうだそうだ！

オレだって、この家と、両親と、友達と、そして芳野さんと別れて、見たこともない「国許」なんてところに行くのはいやだ！

「それにはおよびません」

若い男がやんわりと宥《なだ》めた。

「いずれ便宜上《べんぎじょう》若殿には大殿の戸籍にご養子としてお入りいただくことにはなりますが、当面は現在のままの生活を続けていただいて結構です。若殿が今の学校をお気に召しておいでなら転校の必要もございませんし、成人まではこのままご両親の元で」

本当？

「じゃ、それをお受けするとなると何が変わるのでしょう」

母がようやく落ち着きを取り戻した声で尋ねる。

「そうですね」

男たちはちょっと顔を見合わせた。

「学校の長期のお休みなどには、できるだけ国許に足をお運びいただき、お慣れくだされればと思います。そういう際に少しずつ、お立場に慣れる勉強もなさっていただければ」

「この子の将来の選択肢は？　その殿様とやらになるということは、職業なども限られてきますよね？」

父の問いに、男は逆にオレを見て問い返してくる。

「若殿には、将来のご希望が何かございますか」

「え……えっと、まだ別に何も……」

今の学校も超優秀とは言えないまでも一応の進学校だから、大学には行くんだろうなって漠《ばく》然《ぜん》と思ってはいるけど。

「でしたら、これからお好きな道を選んで歩いていただいて結構です。なさりたいお仕事がございましたら、我々も全力でサポートさせていただきます。ただ、年に数回の節目に殿としてのお役目を果たしていただければ」

「役目って？」

「新年に臣下の挨拶をお受けになられること、地元の神社の祭りなどにお顔をお出しいただくことなど……普通にお仕事をなさりながらでも十分に可能な範囲かと。または」

若い男の目がきらっと光る。

「何もなさらず、当家の財産で遊んでお暮らしになりたければそれもまたよし」

「それは……ちょっと」

話がうますぎるっていうか、そういう遊んで暮らす、っていうのはたぶん落ち着かなくてダメだ。

でも、結局その後オレや両親から繰り出される質問に対する答えには、問題になりそうなことは何ひとつない。

ただ、当面はオレが時々「若殿」になって「国許」とやらで何かの儀式の時には上座にいればいい。それだけ。

「だとしたら……悪い話じゃないんじゃないかな」

永遠に続くかと思った質疑応答《しつぎおうとう》の果てに、父がとうとうそう言った。

「母さんのご先祖の家であることは本当のようだし、そこに誉が必要とされているんだとすれば」

「そうねえ……将来的にも何か縛られることがないなら……」

母も、たとえばオレが海外留学したいということになった時、費用などはすべて若生家持ちになると聞いて、今のままでは両親ではしてやれないことをオレにしてやれるなら、という気持ちになってきているみたい。

そして肝心のオレは、と言えば。

同じように由緒ある家で懇親会《こんしんかい》みたいなものを作っていて、昔の藩主だとか昔の皇族だとか、そんな人たちとの付き合いもできると聞いて、心がぐらっと動いた。

芳野さんと、今以上に距離が遠くなるのではないのなら。

それより、むしろ芳野さんと同じような立場になって「身分違い」なんて言われずに付き合えるようになるなら……。

そんなことを考えているうちに、なんとなく押し切られるように、男たちと両親の間で「とりあえず」とは言いながら、話は決まってしまっていた。

＊＊＊

明けて翌日は土曜日。

朝早くから、男たちが再び尋ねてきた。

早速今日明日で「とりあえず」、「国許」とやらを訪問することになってしまったんだ。

高校生の身でちゃんとしたスーツなんて持っている訳もなく、学校の制服姿。

紺のブレザーにグレーのズボン。

はじめて乗る新幹線のグリーン車。

両親はついてこず、オレと男たちの三人だけで、話が弾むわけもない。

時々オレが「本邸」ってどんな感じかとか、国許で有名なお土産は、なんて質問して、答えを貰う程度。

ものすごく長く感じた三時間ほどの後、新幹線は目的の駅に着き、オレははじめてその地に降り立った。

地方の駅だけれど、結構乗り換え線があるらしく人々が行き交《か》っている。

男たちに挟まれるようにして、ひとつしかない改札を出ると――

そこには、ダークスーツを着た、年配も体格もいろいろの、十人ぐらいの男たちが待ち受けていた。

オレの姿を見て、全員頭を下げる。

「若殿さま、お帰りなさいませ」

響き渡る、揃った声。

思わずオレの足が、気後れで止まる。

はじめて来た土地でお帰りなさいって……。

それに、他の客がなんだろうって顔でこっちを見ていたりして……。

うひいいい。

なんだか、出所してきた暴力団幹部みたいな気がして落ち着かない。

「さ、こちらへ」

すぐに、中の一人が近くの階段のほうに導いてくれたので助かった。

駅前はデパートがあったりして結構栄えている雰囲気。

そのロータリーに、黒塗りの外車が五台ほどずらりと並んでいる。

その、真ん中の車の後部座席のドアを、制服を着て帽子をかぶった運転手が、白手袋で恭しく開ける。

うわあ……芳野さんのところに遊びに行った時みたいだ。しかも車の台数、多いし。

運転席の後ろに乗ると、隣と助手席を、東京から一緒に来た二人が埋め、他の車に迎えの男たちも乗り込んで、しずしずと車列が動き始める。

なんか……なんか、落ち着かない。

「車で……どれくらいかかるんですか？」

隣の男に尋くと「二十分ほどでしょうか、ご辛抱《しんぼう》くださいませ」とのこと。

「屋敷に入られましたら、まず大殿にご挨拶をしていただきます。大殿は、若殿の今回のご決意をことのほかお喜びでございます」

大殿かあ……。

寝たきりの老人だと聞いたその人が生きている間に若殿……オレが見つかってよかった、なんて新幹線の中でも聞いたけど。

どんな人なんだろう。

「正座のご挨拶はご存知でございますか」

助手席の男がふと気が付いたように尋ねた。

「え……あ、わかり、ません」

うちには畳の部屋はないし、正座なんてろくにしたこともない。

「それでは、お座りいただいて、膝の前に両手をつくだけで結構でございますから」

「はい……」

この調子だと、覚えなくちゃいけないことが山ほどあるんだろうなあ……。

その間に、車はかなり華やかな駅前の通りから、少し坂道になったところを上っていく。

だけど、気が付くとルートは「真っ直ぐ」だ。も、もしかして、駅から「お屋敷」まで「真っ直ぐ」な道が通っているんじゃ!?

ちらりと浮かんだ想像は……当たっていた！

大きな道をいくつか横切って、ひたすら真っ直ぐ進む道の前方に、やがてこんもりとした丘のようなものが見えてくる。

それは塀に囲まれた、木々の生い茂る土地で、車がそのまま入っていけるように鉄の門扉《もんぴ》が左右にスライドするように開く。

芳野さんのところの木の門と趣《おもむき》は違うけど、やっぱり、何か似ている雰囲気がある。

そのまま真っ直ぐ車が進んだ先は、芳野さんのところみたいな日本家屋ではない、石造りの洋風の建物だった。

三階建て……たぶん。全体は大理石みたいな感じの白っぽい石で、ところどころに茶色の石がアクセントになっている。

丸い車寄せがあって、玄関前の四本の柱に支えられた屋根の下に、車が辷り込む。

運転手が降り、車を回り込み、ドアを開ける。

「さ」と促され、オレはおそるおそる足を外に出し、地面に着けた。

さすがにかなり緊張してきた。動きがぎくしゃくしているのが自分でもわかる。

「若殿さま、お帰りなさいませ」

オレが車の外に降り立った瞬間、響き渡る声。

玄関の周囲に二十人ぐらいの人がいて、一斉に頭を下げている。

ほとんどがスーツ姿の男性だけど、ちらほら袴《はかま》姿の人やら、着物を着た女性やらも。

「今日はほとんど狭い範囲の身内の者だけですので」

そう言われても、狭い範囲の身内がこれだけいるんだ……！

その中から、一人の男が進み出た。

年はまだ三十前だろうか。背が高く細身で、銀縁の眼鏡をかけ、どことなく「有能社長秘書」ふうな雰囲気。

「若殿、お帰りなさいませ。私は三笠《みかさ》と申します。ただいまより、若殿のお世話は私が責任を持って承《うけたまわ》ります。よろしくお願い申し上げます」

ぴしりと、四十五度の角度のお辞儀。

う……わあ。お世話っていうより「教育係」っていう感じが漂っている。

「よろしくお願いします……三笠さん」

「呼び捨てになさってください」

うわ。さっそく指導。

大人を呼び捨てにするのって抵抗あるけど……ああそうか、芳野さんはそういうことに慣れている雰囲気だった。そういうものだと思うしかない。

「では、とにかくまず大殿にご挨拶を」

オレはごくりと唾を飲み込み、歩き始めた三笠の後を追った。

広い玄関ホールの奥は一段高くなっていて、スリッパが並んでいて、三笠が靴を脱ぐ。

そっか、ここは靴を脱ぐんだ。

ええと、ええと、他所の家に行った時の靴の脱ぎ方。前を向いて脱いで、スリッパを履いたら後ろを向いて靴の向きを直して——と思ったら、すぐにエプロンをつけた和服姿の女性が、横からオレの靴を持っていった。

予想外の展開に、思わずぐるりと一周するかたちでまた前を向くと、じっとオレを見ていたらしい三笠が頷いて、前を向いて歩きだす。

何人もの男女が、間隔を置いてオレの背後に続く気配。

玄関から奥へと続く廊下にかけても、使用人らしい姿の人たちが両側に列を作ってオレが通ると頭を下げる。

こっちも、どうしていいのかわからなくて、両側になんとなくぺこぺこ頭を下げながら通っていると、ふと振り向いた三笠が言った。

「若殿には返礼の必要はございません。どうぞそのまま前を向いてお歩きくださいますように」

うわ、感情の入らない平坦な声がかえって怖い。やっぱりこの人は「教育係」だ！

ああ、でもそうか。芳野さんは、頭を下げる使用人の間を、頭をしっかりと上げて前を向いて通っていたっけ。

あれが「若殿」として育った人の立《た》ち居《い》振《ふ》る舞《ま》いということ？

オレにも芳野さんのような振る舞いが求められているってこと……だよなあ。

なんだか心細い。

屋敷は天井が高く、廊下には赤い絨毯が敷き詰められ、大理石の壁の間に、金色の取っ手がついた木製の扉が並んでいる。その、ドアとドアの間隔からして、相当大きな部屋が中にあるんだろうなって感じ。

途中に螺旋《らせん》を描いた優雅な階段があって、そこは三階まで吹き抜けになっている。見上げると、はるか上方に吊《つ》り下げられた豪華なシャンデリア。

階段の手摺の凝った彫刻といい、どことなくレトロな洋館の雰囲気。

やがて、急に雰囲気が変わった。

そこからは、廊下が少し狭くなり、壁は濃い茶色の板張りになって、天井も少し低い。高い位置に明かり取りの窓が並んでいて、天井も木の格子《こうし》の中に何か絵の描かれた、手のこんだものだとわかる。

全体に、今までの洋館の部分より、古くてわずかに暗い。レトロな洋館から、レトロな和洋《わよう》折衷《せっちゅう》に変わったっていう感じで、建てられた年代が違うのかなって思う。

擦《す》れるようなスリッパの音が続く中、途中で廊下を曲がったり、階段をひとつ上って二階に上がったりして、ちょっとした博物館を一周したんじゃないかってくらい歩いたころ。

三笠がひとつのドアの前で足を止めた。

あわててオレも立ち止まる。

重そうな一枚板の、花の彫刻が施《ほどこ》された大きな扉。

三笠が軽く一度だけノックをすると、内側から扉が中に向かって開く。

「中へ」

囁くような小さな声で三笠に促され、オレはおそるおそる扉の中に足を踏み入れた。

扉の内側で頭を下げているのは、やっぱりエプロンをした和服姿の女性。これが制服になっているのかなあ。

入った部屋は、三畳ぐらいの板張りの踏み込みだった。

「ここでスリッパをお脱ぎくださいませ」

三笠に言われて、スリッパを脱いで板張りの上に乗り、一瞬迷ってから、振り向いて直すのはやめる。

中に襖があって、また内側から襖がすっと開く。

そこは、広い和室。

大きな窓が、築山《つきやま》や小さな池の配された和風庭園を見下ろす明るい部屋だ。

重々しい布張りのソファセットや飾り棚。

人の気配はない。

三笠が黙ってまたオレの前に立ち、女性が先回りして右側の襖を開ける。

「畳の縁はお踏みになりませんよう」

三笠が小声で囁く。

まさに両足で縁の上に立っていたオレはあわてて一歩下がった。

次の間に入ると、床の間のある十畳くらいの和室で、そこに布団が敷かれていた。

一人の老人が横たわっていて、その脇に看護師さんの白い服を着た女性が座っている。

しんと静かで厳粛《げんしゅく》な空気。

「大殿」

三笠が枕元に膝をついて、そっと呼びかけた。

「大殿、若殿をお連れ申し上げました」

「む……」

しゃがれた声がする。

三笠がオレを振り向き、座るように視線で促した。

ええとこれが、正座して前に手をつく、っていうのの出番だ。

部屋の中があまりにも静かで、自分の呼吸の音さえ聞こえそうで、オレはかちんこちんに緊張している自分に気が付いた。

このものすごい屋敷の主人、オレを跡取りにしようとしている人との、初めての対面。

三笠が場所を譲ってくれて目で促したので、正座して、ちょっとずりずりと膝で歩いて、膝の前に手をついて、老人の顔を覗き込む。

鷲鼻《わしばな》で顎の尖《とが》った、きっと元気だったらとても威厳《いげん》と迫力があったんだろうな、と思わせる目鼻立ち。

けれど、薄い髪も、長い眉毛《まゆげ》も真っ白で、顔も土気色《つちけいろ》に近い。頬にも深い皺が刻まれている。

やっとのことで開けている、という感じの瞼の中の瞳は、それでも真っ直ぐオレを見ている。

「あの……」

あれ、なんて呼べばいいんだろう!?

「誉か」

オレが何か言う前に、老人がしゃがれた声を出した。思ったよりしっかりした声。

「は、はい」

「そうか。今まで放っておいて今さら若生家を継げとは、よい気分ではなかっただろうが……」

「いえ、そんなこと」

第一、若生家なんて名前も知らなかったわけだし。

「この家を、頼めるか」

視線は強くオレの瞳を見つめている。

オレはなんだか厳粛な気持ちになった。ちゃんと答えなくちゃいけない、っていう。

「はい、オ……僕にできることを、一生懸命やらせてもらいます」

「そうか……」

老人は瞬《まばた》きをした。

「いい眼をしている。きっとよい当主になるだろう。これで、今年の祭礼《さいれい》に間に合った。血筋も本来の系統に戻すことができた。これで思い残すことはない」

言いながら、目尻に涙が溜まるのがわかる。ひと息にそう言ってから、布団から手を出そうとした。

反対側にいた看護師さんが布団をまくって手伝う。

「手を」

しゃがれた声に促され、オレは大殿の手を握った。

病人とは思えない力で握られる。

「頼む。この家を、祭りを、頼む」

うかつに適当に返事なんてしちゃいけない願い。

この老人も、他の人たちも、オレを探し出して本当にほっとしているんだ。

オレに血筋以外の何があるのかわからないけど、それはオレだけにできることなんだ。そして、命を賭《と》してオレに願うこの老人の言葉をむげにすることはできない。

「はい」

しっかりと返事をすると、老人はオレの目を見つめて頷き、それから力なく手を離し、布団の上に落とした。

閉じた瞼《まぶた》の目尻から、涙が流れる。

「お疲れでございます」

看護師さんが言って、オレの斜め後ろで様子を見ていたらしい三笠が、「若殿」と囁くように促した。

ゆっくりと立ち上がって、畳の縁を踏まないように気を付けて部屋を出る。

廊下では、ついてきた人々が待ち受けていた。

「大殿はご満足遊ばされました」

三笠が低く言うと、人々は顔を見合わせてほっとしたような喜びの笑顔を浮かべる。

「ご立派でしたよ」

相変わらず無表情のまま三笠が言って、オレはとにかくひとつの課題をクリアしたんだってわかった。

もう後戻りはできないってことも。

「落ち着かれましたか」

三笠の問いに、オレは一気飲みしたリンゴジュースのグラスをテーブルに戻して頷いた。

やっぱりがちがちに緊張していたみたいで、喉が渇いたとおそるおそる三笠に訴えたら、洋館のほうにある豪華な応接室みたいなところに通されて、すぐにジュースが出てきたんだ。

天井の高いきれいな部屋は、淡いベージュと金のラインの壁紙が明るく品がよくて、絨毯やソファセットのローズピンクを引き立てている。

「なんとか……これ、おいしいですね」

グラスを示して言うと、三笠は頷いた。

「当家のりんご園で、屋敷用に特別に作っているりんごです。若殿のお口に合ったと聞けば、作っている者も喜ぶでしょう」

「りんご園があるんですか？」

「ぶどう園もあります。当家のラベルのついた、特別なワインも造っています」

すごい……！

「では、早速ですが、いくつかお振る舞いについてのご注意をさせていただきます」

三笠がオレのほうにちょっと身を乗り出し、オレの体は反射的にソファの背もたれのほうに逃げた。

「……私を怖がられても困るのですが」

これまでほとんど無表情だった三笠が苦笑する。

「あ……すみません」

「まず、ちょっとしたことで、目下の者に謝らないこと。威厳が損《そこ》なわれます。必要な時には『悪かった』と軽く一言で結構です」

……悪かった。悪かった。言い慣れない言葉を口の中で転がす。

「これまでごく普通の家庭でお育ちだったことは、むしろ喜ばしいことと思っております。ご両親も良識のある方々と伺っておりますし。しかしこれからは、当家の主としての立ち居振る舞いを身に着けていただかなければいけません」

「はい……」

「そのためには、まず当家についての知識が必要かと思われますので簡単に」

そう言って三笠は、家に尋ねてきた男たちの話を補完するように話し始めた。

南北朝時代から続く古い家だっていうのは聞いたけど。

江戸時代は大大名。明治になると伯爵《はくしゃく》になったそうだ。

若生伯爵。すごいなあ。芳野さんのところは侯爵って言ってたっけ。どっちが位が上なんだろう？

そして三笠は、若生家の家老格《かろうかく》の家の出身なんだそうだ。迎えに来た男二人も、古くからの家臣。

この時代まで、こんなふうに昔の家臣が支え、地元住民にも敬《うやま》われている家は少ないんだそうだ。

「若生家家臣の心をまとめている行事がひとつございます。それが、大殿も仰せだったかと思いますが、境神宮《さかいじんぐう》の祭礼です」

神宮の祭礼？

「友杉家のご両親が、若殿を特定の宗教に寄らずにお育てくださったことは誠に幸運でした」

三笠の目がきらりと光る。

「毎年行われるこの祭礼に臨んでくださること、それが一番大切な行事なのです――あ、足はお組みになりませんよう」

オレは無意識に組みかけていた足をあわてて元に戻した。

「その祭礼で……何かするんですか？」

それがとんでもないハードなことだったらどうしよう、と思ったら。

「その祭礼においで遊ばし、上座においで遊ばしてご覧いただくだけで結構です。ここ数年大殿がご体調を崩され、祭礼には活気が欠けておりました。この秋は若殿がお出ましくだされば、氏子も住民たちも本当に喜びますでしょう」

「座っていればいいんですか？」

「はい。あ、あと私にそのような丁寧《ていねい》な口調で話すことはご無用に願います。基本的に、家臣に向かって丁寧な言葉はお使いになりませんよう」

うあああ。かなり厳しいぞ、この人！

祭礼では、三笠や他の誰かが指示をしてくれるから、誰かを褒《ほ》めて何かを渡したり、とりあえずはそういうことだって言うけど。

この調子だと紋付か何かを着て、板の間に何時間か正座とかさせられそう。

とりあえず正座の練習をしておかなくちゃ。

芳野さんは、子どものころからそういうことを叩き込まれて育ったんだろうなあ。

芳野さんのことを思い浮かべて、オレはふと尋いてみた。

「ここではその……昔の領主っていうか、藩主っていうか、そういう人が県知事とかになったり、そういうことはない……の？」

あうう。丁寧語禁止って結構難しい。

「それはございません」

三笠の声に棘《とげ》があって、オレはちょっとびっくりした。

「もともと殿はそういう世俗のことは臣下《しんか》にお任せあるべきなのです。そういうお家柄のお生まれとはいえ、政治に向かない方もおいでになります。中にはそういう、元藩主を県政に携《たずさ》わらせる家もございますが、それはご本人に資質がない場合はかえってお気の毒。当家ではそういう下世話なことは家老格の数家が承っておりますのでご安心を」

……ってことは、芳野さんの家でやってることは下世話なこと？

考え方の違いもあるだろうし、オレに将来政治家になれって言われたら困ってしまうと思うけど……芳野さんはきっと似合うと思うし、その家の考え方っていろいろなんだなあ。

三笠の声の中の棘に、なんとなく芳野さんのことは口に出せない気がしてしまう。

「とにかく、若殿には県民の心をひとつにする象徴《しょうちょう》に相応しい御方におなりいただければ、と。私どもの望みはそれだけでございます」

きっと、それが一番難しいんだろうなあ……。

でも、このことを芳野さんに言ったら、どう思うだろう。びっくりして、でも喜んでくれるかな。だって少なくとも「身分違いのご友人」だの「馬の骨」だのって陰口を叩かれずにはすむと思うから。

芳野さんに教えて欲しいこともたくさんありそうだ。

「本日はこの辺で」

立ち上がりかけた三笠に、オレも腰を浮かせると、目で止められる。

「ここは当座の若殿の私室でございます。向こうの続き部屋に寝室やバスルームがございます。食事は後ほど運ばせますので、他に必要なものがございましたらご遠慮なくあの呼び鈴を」

部屋の隅のロープみたいな紐《ひも》を示す。

「あ、それから、当面は私が上京し、若殿のお近くでいろいろとお教えすることになるかと思いますのでお含みおきくださいませ」

……………ええっ⁉

じゃあ平日も気を抜けないってこと⁉

言葉も返せない衝撃を最後にぶつけておいて、三笠はぴしっと腰を折ってお辞儀をし、口を開いたままのオレを置いて出て行ってしまった。

＊＊＊

「おはよう～」

気分的にはいつもと同じ朝。

なんだかいきなり「若殿」とやらに祭り上げられたけど、月曜の朝に自分の生まれ育った家の、自分の部屋のベッドで目を覚ますと、週末じゅう夢を見ていたんじゃないかって気がする。

制服を着て、リビングにかけ込んで、朝ごはんを食べて。

両親はオレの話を聞いて「本当に誉に務まるの？」と心配そうだったけど、三笠が両親を「良識のある方」と言っていた話をしたら嬉しそうだった。

さて、出かけるか。

立ち上がった瞬間に、玄関のチャイムが鳴った。

なんだろ？

母がインターホンの受話器を取る。

「はい……あ、え？　あら、まあ、少々お待ちください」

受話器を置いて、オレを見る。

「三笠さん！　お迎えですって！」

お迎え⁉

あわてて玄関にすっ飛んでいき扉を開けると、そこには、きちんとスーツを着て銀縁の眼鏡をかけた三笠の姿があった。

「おはようございます」

四十五度のお辞儀。

「あ……おは、おはようご……」

ざいます、は喉の奥に引っ込めた。

「本日より、若殿の通学経路に何か危険がないかどうか、ご一緒させていただきます」

危険なんてないよ！

「少し離れておりますから、お気になさいませんよう」

気になるよ！

うっわあ……芳野さんもいつも「護衛」が付いているけど、オレもそういう身になっちゃったってこと!?

反論しても仕方ないんだろうな、とオレはため息をついた。

駅までの経路。改札を抜けて、階段を上ってホームへ。いつものルートを、三笠はあちこちに目を配りながら、一歩遅れて付いてくる。ううう、落ち着かない。

でも、電車に乗れば、芳野さんがいる！

早く会いたい。

やがて電車がやってきて、降りる人をやり過ごすと……そこに芳野さんの顔が見えた。

嬉しくて跳《は》ねるように電車に乗り込む。

「おはよう」

「おはようございます！」

いつもと同じ、わずかに目を細め、唇の端を上げる、すごく嬉しそうだってわかる、オレの大好きな芳野さんの笑み。

「奥に入ろうか」

芳野さんの手がオレの背中を軽く引き寄せ、車両の奥のほうに入り込む。

電車が動き出した瞬間ちょっとよろめいたオレを、芳野さんのしっかりと踏ん張った足がなんなく受け止めてくれる。

けれどそこで……オレははたと気付いた。

三笠。どこにいるんだろう。

ちらりと背後を振り向くと――

いた！

間に四、五人を挟んだ向こうに、銀縁の眼鏡が。

オレが見た瞬間すっと視線をそらし、左右を観察している雰囲気になる。

これって……今日だけですむのかなあ。この後ずっとだったらちょっと困るなあ。

「どうした？」

芳野さんが気遣わしげな小声で尋ねた。

うう、芳野さんに話したい。話して、教えて欲しいことも山ほどある。でも電車の中じゃ無理だ。時間も短いし、周囲の耳もあるし。とりあえず、三笠の目のないところ。

まあ、芳野さんの素性を知ったら、三笠も安心するとは思うけど。

「ん、なんでもない」

オレは芳野さんにそう答えながら、今度はいつ二人きりの時間が取れるのかなあと考えた。

「今日……寄り道できる？」

尋いてみると、ちょっと眉を寄せる。

「今日は難しい。帰りの電車もちょっと早いと思う。明日なら」

「あ、じゃ、明日の帰り、いつもの電車で」

電車の中で交わす会話はこれくらいが精一杯。

でも、その短い時間、短い会話が、本当にオレの胸をぽかぽかにしてくれる。

と、オレははっと思い出した。

キス、したんだ、この間。

ちょっと見上げる位置にある芳野さんのこの、形のいい唇と。

キスして。そしてまたいつもと同じように電車で会って、いつもと同じように会話をしている。

なんだか不思議な感覚。

やがてオレの降りる駅に電車は辷り込み、芳野さんの手が、オレを放す前にほんの一瞬、強く抱き寄せた。

かっと耳が熱くなる。

「じゃ、明日」

「うん、明日」

あわただしくそれだけ言葉を交わして、オレは電車を降りた。

駅を出て、学校までのいつもの道に入ったところで、三笠が追いついてきた。

「若殿、ちょっとお伺いしたいのですが」

声になんだか険《けん》がある。

「何？」

「さきほど電車の中でお話をされていたのは……まさか芳野侯爵家の跡取りでは？」

あ、知ってるんだ！

「うん、そう」

「どういうご関係ですか」

厳しい、問い詰めるような口調。

どんな関係って言われても……自分でも、はっきり言葉にするとどうなるのかまだよくわからない。

「電車の中で、困った時に助けてもらって……それからいろいろ話したりするようになったんだけど……」

「よくないお付き合いです。ただちに縁をお切りください」

遮《さえぎ》るように厳しい声で言われ、オレはぎょっとした。

もしかして……キスをするような仲だって見破られたんだろうか。そして、そういう関係はいけないって……。

けれど三笠はきつい口調で続ける。

「よりによって芳野とは……！　あの家は、わが若生家の、南北朝以来の仇敵《きゅうてき》。代々何かと若生家に難癖《なんくせ》をつけて争い、明治に爵位《しゃくい》をいただいた時も、芳野家が裏で手を回したために、若生家は向こうよりもひとつ低い、伯爵に甘んじなければならなかったのです」

一気にまくし立てる鋭い言葉。

「きゅ……仇敵って……」

「何百年もの間の恨みが積もった相手です」

そんな……！

戦国時代だの、明治維新だの日本の歴史にはいろいろあったけど、今はみんなそんなの関係なくやってるじゃないか！

なのに三笠は念を押すように言葉をオレに押し付けてくる。

「芳野家の人間とは決して付き合ってはなりません！　よろしいですね！」

そんなの、ひどすぎる！

一方的にまくしたてられ、オレの気持ちは驚きから次第に腹立ちに変わった。

そんな、昔のこと！

古い家柄なのはわかるけど、南北朝だなんて何百年も昔の話を引きずっているなんてナンセンスだ！

そのために、芳野さんと付き合っちゃいけないなんて！

それも……ただの友人付き合いじゃない。オレにとって芳野さんは本当に本当に特別な人。キスを交わすような……大きな声で言えるようなことじゃないかもしれないけど、本当にオレにとってはただ一人の大切な人。

「そんなこと、できない。オレにとって芳野さんは大切な人なんだ」

「嘆《なげ》かわしいお言葉」

三笠はぎゅっと唇を嚙《か》みしめる。

「このことについては、後ほどゆっくりお話させていただきます」

オレは何も答えずに、歩調を速めた。

学校の門の中に逃げ込んでしまえば三笠はついてこない。

芳野さんの家が仇敵だなんて……それを知っていれば、若生家の跡継《あとつ》ぎになるなんて話は受けなかったのに。

そうだ。今からでも辞退しよう。

あの大殿や、国許の人たちの喜びを考えると申し訳ないけど、オレには芳野さんのほうがずっと大事だ。

オレはぎゅっと唇を噛みしめた。

「何を言っているんだ!?」

その夜。

食卓でオレが「やっぱりやめたい」と言い出すと、父は目を見開いた。

「お前が自分で決心して引き受けたことだろう。誰も強制はしていないはずだ」

「お国許でもよくしてもらって、頑張りたいって帰ってきた時には言っていたじゃないの。なのにどうして」

母も呆れ顔。

「理由は言えないけど。やっぱりやめたいんだ」

繰り返すと、両親は顔を見合わせた。

「誉」

父の口調が改まる。

「今さら軽々しく、理由も言わずにやめることはできないんだよ。正式な書類も交わしてしまったんだから」

「正式な書類って何？」

初耳だ。

すると母が、電話台の引き出しから封筒を取り出してきた。

中から出てきたのは、ふたつ折りにされた、ちょっと古めかしい感じの文字が縦書きに印刷された書類。

「見なさい。ここに、誉を若生家の次期当主とすること、成人までは両親のもとにいること、誉の将来的な希望は尊重すること、いろいろなことが全部、公正証書になっているのよ」

本当だ。成人したら、またはその前に大殿が危なくなったら、その時点で養子《ようし》縁組《えんぐみ》を交わすこと。けれど両親とは自由に会えること。

話としては聞いていて、オレも承知したことばかり。

目を通していくと、最後に知らない条項にぶつかった。

オレの両親にはこれまでの「若君御養育費《わかぎみごよういくひ》」として相応《そうおう》の金額が支払われること。若殿の両親に相応しい待遇を生涯に渡って受けられること……。

「……なに、これ!?」

オレは思わずかっとなった。

「オレを若生家の跡取りにして、お金を貰うの？　息子を売ったの!?」

「馬鹿なことを言うんじゃない！」

温厚な父が珍しく険《けわ》しい声を出した。

「こちらとしては辞退したかった項目だが、お前の生みの親があまりみっともない生活をしていてはいけないというので、あちらからどうしてもと言われたことだ」

「あんたがもしあちらで何かうまくいかなくなった時のために、ちゃんとあんたの名義で貯金しておくつもりだったのよ」

母が宥めるような口調で言葉を足す。

そうだ……両親は、オレの両親は、そんなことをする人たちじゃない。

「……ごめんなさい」

謝ると、両親はふうっとため息をついた。

「どっちにしても、もう、軽々しい理由でやめる、なんて言えないことなのよ。でもあんたがどうしても嫌だというのなら、理由を教えてちょうだい」

理由……言えない。

若生家の仇敵の人を好きだから、なんて。

男同士で、特別な「好き」っていう気持ちを持ってしまった相手と、離れたくないから、なんて。

言えるわけがない。

このまま……芳野さんと引き離されてしまうんだろうか。

どうしよう。どうしたらいいんだろう。

オレは何も言えなくなって、黙って自分の部屋にこもるしかなかった。


翌日から、オレは芳野さんに会えなくなってしまった。

三笠がいつも一緒で、強引に乗る電車をずらしたり、車両を替えたりさせられる。「すべては若殿の御為《おんため》」なんて言われて。

芳野さんは、護衛にオレとのことを口出しされたとき、毅然《きぜん》として護衛を叱っていた。

でも、三笠は護衛じゃなくてオレの「教育係」なので、こっちの意見なんて通らない。すべて「若殿の御為」で通されてしまう。

オレが走って逃げようが、電車のドアが閉まる瞬間に降りようとしようが、まるでこっちの行動を見越したみたいにぴったり付いてきて、もうどうしようもない。

芳野さんに会いたい。

オレの胸の中は、そのことばかり。

三笠はと言えば、学校の門まで付いてきて、オレの友達に「当家の若殿がお世話になります」なんて挨拶したり、どういう話をつけたのか、教頭に校内を案内させて、オレの授業風景を見たりなんてことまでしている。

クラスの友達は「友杉が急にお坊ちゃんになった」なんて面白がっているけれど、オレにとっては冗談ごとじゃないんだ。

「学校生活に口を出すのだけはやめて」と思い切って言うと、「若殿がどのような学校で、どのような教育を受けておいでなのか、どのようなお友達がおいでなのかを把握《はあく》する義務が私にはあります」だなんて。

まあ幸い、学校の質も、友達の素性も、三笠から見てそう悪くはなかったらしくて、間もなく学校の中まで入り込むのはやめてくれた。外で「若殿」と呼ばれるのも嫌だと言ったら、「誉さま」に変えてはくれたけど……。

芳野さんに会いたい。

芳野さんに会えない。

オレが苦しいのは、そのことだけ。

帰りに会おうと約束した日も、結局オレが黙って約束を破ったかたちになってしまった。

芳野さんはどう思っているだろうと思うと、胸が痛くて悲しい。

なんとか三笠を出し抜いて、今の状態がオレの本意ではないこと、芳野さんに会いたいと思っていることを伝えたい。

オレはそのことで頭をいっぱいにしていた。

そして、ある日。

以前の電車よりも二本早い電車の、今まで乗っていたのよりも後ろの車両に乗るために、三笠と並んでホームに立っていると。

入ってきた電車の中に、芳野さんの顔があった！

ドアの窓に張り付くようにして外を見ていた芳野さんが、はっとしたように目を見開く！

気付いてくれた！

オレは電車が止まる前に、芳野さんの乗った車両を追いかけて走り出した。

「誉さま！」

三笠がすぐにオレを追いかけてくる。

ドアが開き、降りてくる人々に巻き込まれてしまって、前に進めない。

でも、もうちょっと、二両くらい前に芳野さんがいる！

人をかき分けようとすると「邪魔だ」と誰かに突き飛ばされた。

よろめいたオレの腕を、追いかけてきた三笠が捕まえる。

そのまま三笠は、間近のドアの中にオレを引っ張り込んだ。

「放して！」

「いけません！」

もみ合っている間に、電車のドアは閉まってしまう！

芳野さんは⁉

前の車両にいるんだろうか？

――その瞬間。

ホームを走ってきた芳野さんが、オレを見つけた。

「芳野さん！」

「誉！」

伸ばした手が触れる――と思った瞬間、無情にもドアはぴしゃりと閉まってしまう。

ドアに触れた芳野さんの手。その手に自分の手を重ね合わせてみたけれど、すぐに電車がゆっくりと動き出した。

手が離れる。

芳野さんが、電車を追いかけて走り出す。

気遣わしげに、切なげに、眉を寄せて。

次第に電車がスピードを上げ、芳野さんの姿が遠くなる。

オレの目から、涙が零《こぼ》れだした。

「誉さま？」

三笠がさすがに驚いた声を出し、ハンカチを渡してよこす。

でもオレは、芳野さんに会わせてくれない三笠のハンカチなんて使う気にもなれなくて。

ただ、ぽろぽろ涙が頬を伝うのを感じながら、口の中で「芳野さん、芳野さん……」と呟いて、窓に顔を押し付けていた。


その夜。

三笠に送られて家まで辿りつき、玄関前で別れを告げられる。

徒歩五分ほどのマンションに住んでいる三笠とは、明日の朝までお別れ。

正直言ってほっとする。

家に入り、食事をして、風呂に入って、いい加減の時間になったら自分の部屋に入る。

両親は家の中では若生家の話は出さないし、今までと変わらない生活が、家の中だけにはまだある。

三笠は悪い人じゃない。それはわかっている。だけど、「オレ」じゃなくて「若生家」が大事で、若生家のために、オレの生活に割って入ってくる。

芳野さんと会えなくしている。

それくらい……若生家と芳野家には、ひどい因縁があるんだろうか。

仇敵、って言ってたけど。南北朝時代から現代まで続くような、どんな事件があったんだろう。

そして……それを、芳野さんも知っているんだろうか。

そう考えた瞬間、オレはぎくっとした。

芳野さんに会いたい。

でも……もし、芳野家のほうでも、同じように若生家を「仇敵」として憎んでいたら？

オレが若生家の跡継ぎになったことを芳野さんが知ったら、芳野さんはどう思うだろう。

なんだか体中の血がすうっと抜けていくような気がする。

と、その時。

コン、と窓ガラスに何か当たったような気がした。

なんだろう？

カーテンをちょっとだけ開けて、外を眺めると――

住宅街の狭い道路の向こう側、電柱の横に人影がある。

背が高くて、手足が長くて、肩幅が広い、男らしい体つき。

あれは――

人影が一歩、こっちに踏み出した。

向かいの家の窓の明かりの中に入って、顔がはっきりわかる。

芳野さんだ！

どうして？　そんな疑問はたちまち頭から吹っ飛んだ。

芳野さんだ。芳野さんに会える！

オレは階段をかけ下りた。

「誉？」

階段の下にいた母が声をかける。

「どこに行くの」

「ちょっと！　友達！　三笠さんには言わないで！」

靴を履きながらそれだけ叫んで、オレは家から飛び出した。

道に出たところに芳野さんがいて、オレを見るなり大きく両手を広げた。

「芳野さん！」

「誉！」

腕の中に体当たりするように飛び込む。

オレをしっかりと抱きとめてくれる広い胸。抱きしめてくれる、力強い腕。

芳野さんだ。芳野さんだ！

「会いたかった……！」

同じ言葉が同時に二人の口から溢れでる。

顔を上げると、わずかに笑みを浮かべた、けれど気遣わしげないろの濃い、芳野さんの顔が

あれ以来一度も、芳野さんと同じ電車、同じ車両に乗らなかった。

約束の日に約束の電車に乗らなかった。

芳野さんが次に口にしたのは単刀直入《たんとうちょくにゅう》な質問。

「何があった？」

眉。黒い瞳に泣きそうになっているオレが映っている。

芳野さんもだ。端正な、それでいて男らしい、意志の強そうなラインを描いた頬や、鼻や、

「本物の……誉だな」

公園のベンチに座ると、芳野さんは改めてオレの顔をつくづくといとおしげに眺めた。

の手を確かめるように、何度も何度も力を入れて握り直す。

そこに辿り着くまでの短い間、芳野さんの大きな手が、オレの手を握りしめる。まるでオレ
近くに小さな児童公園がある。三笠のマンションとは反対方向だ。

芳野さんの問いに、オレは頷いた。

「家は大丈夫か……どこかで話ができるか？」

それが嬉しくて、涙が零れそうになる。

会いたいと思っていてくれたんだ。

心配してくれたんだ。

あった。

芳野さんはどう思っただろう。

でも、オレのことを怒るんじゃなくて、心配してくれていたのが口調からわかる。

だけど――オレは答えられなかった。

芳野さんの家を仇敵として今も憎む家の跡取りになってしまったなんて。

芳野さんはオレと違って、生まれた時から「芳野家若君」として育ってきた人だ。

もしかして、若生家に対する代々の憎しみをも叩き込まれているんだとしたら。

息をするように自然に「若殿」として振舞っているのと同じように、自然に若生家という家を仇敵と思っているんだったら。

言えない。言うのが怖い。

言ってしまったらきっと、芳野さんは自分の中で、芳野家か、オレか、どちらかをきっと選ばなくちゃいけない。

芳野さんの中で「家」っていうものがどれだけの大きさを占めているのか。

オレにはそれに太刀打《たちう》ちできる自信がない。

そう考えていると、どうしても本当のことを打ち明けることができなくて……

涙が零れた。

ぽろぽろと、頬を伝っていく。

「誉……」

芳野さんが切なそうに眉を寄せた。

「何かあったんだな。オレには言えないようなことが」

オレは……頷いた。

言えない……言いたいけど言えないこと。

芳野さんの指が、オレの頬を伝わる涙を掬《すく》う。そのまま、手がオレの頬を包んだ。

温かい、大きな手。

「誉……」

熱を秘めた声がオレを呼んで——顔が近付く。

オレは目を閉じた。

同時に、唇に温かなものが触れる。

自分の涙で、少ししょっぱい。

と、濡れた肉の感触が、オレの唇の合わせ目をなぞった。

腰の奥がずきんと痛む。

同時に、オレの唇をこじ開けるように入ってくるもの。

芳野さんの——舌。

オレの唇の内側を、歯茎《はぐき》を、なぞるようにゆっくりと動く。

どうしていいかわからなくて縮こまっているオレの舌に、自分の舌を絡《から》めるようにしてくる。

舌の縁をなぞられ、ちろちろと舌先を触れ合わせ、それから吸われる。

あ、あ……深い、キス。

合わせた唇の間から零れそうになる唾液《だえき》を、芳野さんの指が掬う。

わずかに離れては、また合わせられる唇。オレも次第に、自分から芳野さんの唇を、舌を、求めて。

頭がぼうっとして、何も考えられなくなる。酔うようなキス。

「……ん、あ……」

離れた瞬間に洩《も》れた、自分の甘い声が恥ずかしい。

「誉……」

芳野さんが、熱を押さえ込むような声でオレを呼び、それからしっかりと抱きしめた。

「可愛そうに……辛いことを背負っているのだな。話せないことならそれでもいい。ただ……俺を好きか？　俺が誉を好きだと思うのと同じように、誉も俺を想ってくれているか？」

話せないことは話さなくてもいい、という言葉がオレを救ってくれる。

「好き」

言える言葉はこれだけ。

「好き、芳野さんが好き、芳野さんだけがずっとずっと好き……！」

万が一オレのことがばれて、芳野さんがオレよりも家を取ったとしても。

「オレは芳野さんが好き……！」

「誉……」

芳野さんがよりきつくオレを抱きしめた。

オレも芳野さんの広い背中に手を回し、力を込める。

このまま、二人一緒に固まってしまえばいいのに。誰も引き離せないくらいに。

「大丈夫だ、誉」

やがて、芳野さんが静かにそう言って、オレの体を離した。

オレの目をじっと見つめる黒い瞳に、熱と、自信が仄《ほの》見《み》える。

「どうしても会いたくなったら、こんなふうに短い時間は作れる。お前が今何かで身動きが取れないのなら、俺がなんとかするから」

力強い言葉。

今は、その言葉にただ縋《すが》っていたい。

そのとき、公園の向こう側に停まっていたらしい車がちかっとライトを光らせた。

「……行かなくては」

芳野さんは唇を嚙み、それからもう一度オレに素早くくちづけた。

「また会える。大丈夫だ」

その言葉にオレは頷いた。

「家まで送る」

立ち上がりながら芳野さんが言う。

「ううん、大丈夫、すぐだから。芳野さんこそ、無理に時間を作ってくれたんでしょう？　戻らないと」

オレの言葉に少し迷ってから芳野さんは近付き、名残惜しげな視線を残して立ち去っていく。

その後ろ姿が車に近付いていくのを見ながら、オレも気持ちをなんとか立て直して、家に戻った。

何かが解決したわけではないけれど、芳野さんに会えた、その事実を温かく胸に抱きしめて。

＊＊＊

それから半月ほどたった。

あれから芳野《よしの》さんとは一度も会えないけれど、あの時交わした言葉が、オレになんとか今の状況に耐える力を与えてくれている。

芳野さんに会いたくて、夜ベッドの中で泣いてしまうこともあるけど、三笠《みかさ》には悟《さと》られないように頑張って日々を過ごして。

そして、この週末。

オレは緊張して、伝統と格式のあるホテルのホールにいた。

足を踏み入れたこともないホテル。大理石の床。同じく大理石の柱と柱の間には金と赤のカーテンが重々しく垂れ下がり、壁沿いには豪華な料理の載ったテーブルが並ぶ。奥に一段高くなったところがあって、その背後に「若生家《わかお》懇親会《こんしんかい》」というボードが掲げられている。

そしてオレは、十日ほど前に三笠が家に連れてきた仕立て屋さん（て言うのか？）が細かく寸法を取って仕立ててくれた、誂《あつら》えのスーツ姿。

サイズを測る時、ずいぶんと姿勢を注意された。背筋を正して。顎《あご》を引いて。そして、手首やら足首やら、こんなところまで測るのかっていうくらい全身を測られて。

ズボンの中身まで「どちらにお寄せになりますか」と尋《き》かれたのには参ったけど。

おかげで驚くほど体に合い、しかも動きやすい数着のスーツができた。その中から三笠が選んだ、明るいグレーで、近寄らないとわからないくらいの細い縞《しま》が入ったスーツを着ている。臙脂《えんじ》のストライプのネクタイ。カフスボタン。ぴっかぴっかの革靴《かわぐつ》。

そんな格好で、宴会場の中ほどで、三笠と一緒に立っていると、次々に人々が挨拶《あいさつ》に訪れる。

これは、オレっていう若生家の跡取りを、地元の関係者だけじゃなく、東京近辺の関係者にもお披露目《ひろめ》する会だ。

当然近い親戚やら遠い親戚やら、若生家が関係している企業や文化団体の関係者やら、大殿に昔仕えていた人やらが大勢いて、紹介されたって覚えきれない。

「このたびはおめでとうございます」

たいていの人が、そう言う。

オレはそれに対して、お辞儀というより首だけを動かして頷《うなず》くように言われている。

あとは三笠がその相手と喋《しゃべ》ってくれる。

「笑顔！」

時々三笠が囁《ささや》く。

そうだ、笑顔笑顔。これもだいぶ練習したんだ。

訳もわからず、三笠の言うとおりにロボットみたいに動きながら、オレは少しばかり怖くなっていた。

こんなに大勢の人。三百人くらいはいるだろうか。

その人たちがみんな若生家と何かしらのつながりを持っていて、跡継《あとつ》ぎが見つかったことを喜んでくれている。

だけど……オレに、この人たちが期待している何ができるんだろう。

本当に、ついこの間までただのごく普通の高校生だったオレなのに。

人々の挨拶の波が少し途切れたとき、オレは思わずため息をついてしまった。

「お疲れですか」

三笠が尋ねる。

「疲れたっていうか……オレ、本当にこんなに大勢の人たちに期待されて、できることがあるの？」

小声でおそるおそる尋ねると、三笠はかすかに苦笑《くしょう》した。

「何もなさる必要はないのです。ただ、若生家の『象徴《しょうちょう》』として、存在してくださるだけで。一番重要なのは祭礼《さいれい》の場にいてくださること。それこそが一番大きな役割ですから」

祭礼。前にも聞いたっけ。大殿も、そのことを「頼む」って言っていた。

でも具体的なことは何ひとつ聞いていない。

そのとき、会場の入り口のほうが少しざわめいた。

波紋《はもん》が広がるように、会場中の人々が話をやめて入り口のほうを見つめる。

「ちょっと、あれ」

「……まさか？」

「息子か？　まさかわざわざ息子を送り込んできたのか？」

「どういうつもりだ？」

ひそひそと交わされる周囲の会話。

会場の雰囲気が、急に冷たい、よそよそしいものに変わる。

人々とオレの間に、海が割れるみたいに道ができて、その向こうにいたのは——

背の高い、一見スマートに見えるけれど肩幅の広い、男らしい体つきの人。

体にぴったりと合ったタキシード姿。黒い蝶ネクタイ。敵意の溢《あふ》れた視線の中を堂々と歩いてくるその姿は——

芳野さんだ！

大勢の大人の中に混じっても見劣《みおと》りしないどころか、誰よりも気品に溢れ、誰よりも堂々とした見とれてしまうような姿。

けれど……なぜ？　どうして芳野さんがここに⁉

仇敵《きゅうてき》の家の集まりなのに！

オレはとっさに逃げ出そうとした。芳野さんに、オレが若生家の跡継ぎだなんて知られたくない！

けれど最初の一歩を踏み出す前に、三笠に袖《そで》を引っ張られた。

芳野さんにはもうオレの顔ははっきりと見えているはずなのに、全く動揺も浮かべず、真っ直ぐにこちらに歩いてくる。

会場中が静まり返る中、数歩離れたところで立ち止まって三笠を見つめる。

「これはこれは」

永遠にも思える沈黙《ちんもく》の後、最初に声を出したのは三笠だった。

「お家の長老のどなたかにでもおいでいただければとご招待申し上げましたのに、わざわざ若

君御自《おんみずか》ら足をお運びくださるとは、まことに光栄です」

氷のような冷たさの声。

芳野さんは何も答えない。

「……もうご存知かと思いますが、こちらがこのたびようやく見つかりました、若生家の大切な若殿でございます」

ああ！　言ってしまった！

とうとう芳野さんにはっきり知られてしまった！

「それはおめでとうございます」

芳野さんの声が、三笠と同じような冷たさを含んでいるのがわかる。

会えたのに。

ようやく会えたのに、それはそのまま、完全に引き裂かれてしまったことを意味するようだ。

芳野さんは表情を変えないけれど、それがオレを無視しているような、すでにオレを敵視しているような感じでいたたまれない。

すると、芳野さんが視線をすうっと三笠からオレに移した。

何か言おうと口を開きかける。

怖い！

オレはとっさに「ごめんなさい！」と叫ぶと、三笠の腕を振り払って、そのまま会場の扉めがけて走り出した。

「若殿！」

「誉《ほまれ》さま！」

いくつもの声が追いかけてくるけれど、止まれない。芳野さんが、オレの正体を知って何を言うのか、何を思うのか、怖くて怖くてとにかく逃げ出したい！

大きく口を開けているホールの扉から飛び出し、オレは走った。

全然知らない広いホテルの中を、階段を上がって、閉まりかけていたエレベーターに乗り込んで、たまたま扉が開いたドアから走り出て、長い長い廊下を走る。

大勢の人と擦《す》れ違い、結婚式の花嫁さんの背後の人々の中を突っ切り、とにかく、どこへかわからないけど、誰にも見られないところへ。

廊下を適当に曲がり、走り続けると——突然行き止まりにぶつかった。

扉が閉まっていて「関係者以外ご遠慮ください」の立て札。

狭い廊下の突き当たり。人の姿がないことに気付いて、オレはやっと立ち止まり、体を前かがみにしてはあはあと息をついた。

胸が苦しい。肺が口から飛び出しそうだ。

少し落ち着いてくると、オレの胸に浮かんだのは、芳野さんの姿だった。

知られてしまった、俺の正体を。

まさか「仇敵」の芳野家に招待状を出しているなんて思いもしなかった。それに応じて、芳野さんがやってくることも。

芳野さんはどう思っただろう。

オレが芳野さんを騙《だま》したと思っているだろうか。

オレを好きだっていう気持ちが本物だったとしても、オレが誰かを知ってしまったら、自分の感情よりも家の問題を重視して、オレとはもう縁を切ろうとするかもしれない。

それは……嫌だ。嫌だ。

どうしよう。今さら若生家との繋《つな》がりを絶とうとしても、今日という日にあれだけ大勢の「オレ」という「若殿」の存在を喜んでいた人々のことを思うと、どれだけ大変なことになってしまうのか想像もできない。

どうして、こんなことになっちゃったんだろう……！

呼吸が収まってくると同時に、今度は目から涙が溢れてくる。

すると、オレが走ってきた廊下の向こうから、ばたばたという足音が聞こえた。

ぎくっとしてそちらを見ると、向こうの廊下を真っ直ぐに行きかけ、はっとオレの姿に気付き、向きを変えたのは。

芳野さん！

どうしよう、逃げ場がない。

芳野さんは、息を切らして、真っ直ぐにオレのほうに向かってくる。

逃げ場はない。どうしよう。

それでも、芳野さんの脇を擦り抜けて逃げようとしたオレの体を、芳野さんが両手で捕まえた。

「誉！」

しっかりとオレを抱きしめる。痛いほど、ぎゅうっと。

「誉、逃げるな。大丈夫だ。わかっている、わかっているから」

宥《なだ》めるように繰り返す声の中には、敵意も怒りもない。

「わかっているから。苦しかっただろう」

次第に切羽詰《せっぱつま》ったものがなくなって、声の中に温かさと優しさを感じる。

おそるおそる顔を上げてみると、頬《ほお》を上気させた芳野さんが、真面目な顔で、頷いてくれた。

嫌われていない。

それがわかって、安心すると同時にまた違う涙が溢れてくる。

芳野さん。芳野さん。

「芳野さんが好き……！」

「誉、俺もだ」

オレが口走った言葉にしっかりと返事をくれて、それからオレにくちづける。

しっかりと、オレの唇《くちびる》に唇を押し付けるように、力を込めて。

オレも芳野さんの背に手を回し、タキシードの布にしがみつく。

「若殿……なんということを！」

廊下の向こうから聞こえた声に、抱き合ったままはっとそちらを見ると、そこには息を切らした三笠の姿があった。

数歩遅れて、芳野さんの最初の護衛《ごえい》……あの、オレに金を渡そうとした男の姿も。

「若殿、お立場をお心得ください！　その者は仇敵若生家の跡取りなのですよ！」

護衛の男も低く厳《きび》しい声で言う。

オレの邪魔《じゃま》をする人たち。

ただただ芳野さんが好きなだけなのに、そのオレの気持ちを徹底的に邪魔する人たち。

芳野さんが何か言おうとした瞬間、オレの口から言葉が迸《ほとばし》り出た。

「こんなの間違ってる！」

言葉と同時に、胸の中に湧き上がる、いろいろな理不尽さへの怒り！

芳野さんの腕の中から出て、三笠たちに真っ直ぐ向かい合う。

「間違ってる！　大昔の喧嘩《けんか》を引き摺って、永久にいがみ合い続けるなんて馬鹿みたいだ！　オレは家のことなんて知らない、ただただ芳野さんが好きなだけなのに！」

背後から、オレの両肩に芳野さんの大きな手がのせられる。

「その通りだ。俺も同じ思いだ。俺は誉が好きなだけだ。誰にも邪魔はさせない」

語気を強め、決意に満ちた厳しい声に、三笠がはっとする。

そのまま——三笠はオレの背後の芳野さんと視線を合わせた。

三笠の厳しい視線。普通の人だったらきっと怯《ひる》んでしまうような。

けれど、オレの背後の芳野さんも微動《びどう》だにしない。

その視線だけで、どれだけの言葉に勝る戦いを交わしたのか。

やがて……

ふう、とため息をつくように三笠が視線をそらした。横を向いて眼鏡《めがね》の位置を指で直す。

「……しばらくお時間を差し上げます。ホールのほうは二時間後には解散いたしますから、顔を洗ってお気持ちを落ち着けてください。ご自分たちのお立場を確認していただければ助かります」

「いや、それでは」

芳野さんの護衛が反論しかけたけれど、芳野さんがしっかりとした声で言った。

「大丈夫だ。俺が責任を持ってホールまで送り届ける」

三笠が頷き、護衛の男もしぶしぶと言った感じで頭を下げ、向きを変えて廊下の向こうに去っていく。

「芳野さん！」

オレは振り向いて芳野さんの顔を見上げた。厳しい表情で三笠たちの姿を見送っていた芳野さんの顔が、やわらかな笑みを浮かべる。

「誉、ありがとう」

「え……何を？」

「オレを好きだと、彼らの前ではっきり言ってくれたことだ」

あ……あれは、勢い任せに言っちゃったけど……よかったんだろうか。余計《よけい》にことをややこしくしないだろうか。

「行こう」

芳野さんがオレの手を引いて歩き始めた。

「ど、どこに……？」

「部屋だ。ここのホテルに、何かあった時にいつでも使えるように年間を通して部屋をキープしてある」

ひええ。世界が違うって、やっぱりこういうことだ。

驚いて口も利けないオレを見て、芳野さんは微笑む。

「たぶん、若生家も同じだぞ。都内の主だったホテルには部屋が用意してあるはずだ」

そ、そっか。そういうものなのか。

芳野さんは迷いもなしに宿泊棟《しゅくはくとう》のエレベーターに乗り、最上階に上っていく。

なんとなく予想していた通り、部屋はスイートだった。それでも、若生家の国許《くにもと》で与えられた「オレの部屋」に比べると手狭《てぜま》に見えてしまう。こういうのってちょっと怖い考え方だ。

芳野さんは、オレをリビングの布張りのソファに座らせ、その前に膝《ひざ》をついてオレを見上げた。

「誉……苦しかっただろう」

オレの気持ちを全部わかってくれている言葉。それが嬉しくて切ない。

「芳野さんは、いつ、どうして知ったの？」

「約束の電車に誉がいなかった時だ。何かがお前の身に起きたんだと思った。お前に付いているあの男にも気付いていたし。それで、家の者に調べさせた……こういうやり方はお前にとって不愉快かとは思ったが……すまない」

抑えた声で、オレの顔を見つめながらゆっくりと説明する。

「謝ったりしないで」

芳野さんがそうまでしてオレのことを心配してくれたことは、ただ嬉しい。

「オレ……知らなかったんだ、芳野さんちと若生の家が敵同士だなんて。ただ、若生家の跡取りになれば、芳野さんとも堂々と付き合えると思って……それだけだったんだ」

もっとちゃんと、根掘《ねほ》り葉掘《はほ》りいろいろなことを尋いてから決めるべきだった。オレが馬鹿だったんだ。

「自分を責めるな」

優しく芳野さんが言って、俺の両手を、自分の両手の中に包み込む。

「ややこしく、同時に愚かなことだ。若生では、当代の病がいよいよ危なくなったので、今年の祭礼に間に合うように必死で血縁の者を探したのだろう……祭礼のことは聞いているか？」

「神社で、いろいろな催しがあるから、上座にいればいいって言われた」

「姑息《こそく》なことを……」

芳野さんが眉《まゆ》を寄せて唇を噛《か》む。

やがて、決意したように芳野さんは顔を上げ、立ち上がると、オレの隣に座り、肩を抱き寄せた。

オレの頭がこてんと芳野さんの広い肩に乗る。

表情はわからないけど、芳野さんの腕に包まれて、とても安心する姿勢。

「祭りは……過去の殺し合いの代わりだ」

いきなり物騒《ぶっそう》な言葉が出る。

「こ……殺し合い……？」

「もともとの原因はわからないが、とにかくある時に何かが起きて、両家は憎み合うようになった。何かと小競《こぜ》り合いが起き、大きな戦にはならなかったが小競り合いのたびに誰かが命を落とした」

淡々と説明してくれる。

そうやって憎み合っている両家に、何時代だかの幕府が間に入って調停《ちょうてい》を試みた。

そして、当時の両家の国境に神社を建立《こんりゅう》し、そこにこれまでの両家の犠牲者を祀《まつ》った。

それが、祭礼の行われる境神社《さかいじんじゃ》。

宮司《ぐうじ》は中立の家系から選ばれたけれど、両家の反目《はんもく》はやっぱり治まらなかった。

けれど時の幕府の仲介で、殺し合いは禁じられている。

そこで、「祭礼」が行われるようになったんだそうだ。

年に一度、神社で「どちらが強いか」を試し、勝ったほうが、一年間神社に対する権利を持つ。

宮司以外のすべての人間が「勝ったほう」の人間で占められ、負けた側は堂々と訪れることもできない。それが祖先の霊を苦しめることになるというので、勝負は本気の必死。

ちなみに、少し離れたところにある「下社《しもしゃ》」は芳野家、若生家、両方の領地にひとつずつあって、負けた年には本宮に行けない代わりにそっちにお参りして次の年の勝利を祈願《きがん》するんだそうだ。

「で……その祭りで、どんなことをするの？」

尋いてみると、芳野さんは一瞬考えた。

「まあ……ひと言で言えば、武道の試合だな。最初は真剣勝負の命がけのものだったのだろうが、今では弓や居合《いあい》、流鏑馬《やぶさめ》などの武術を競い合うことになっていて、殺し合いはないが負傷者は出ることもある。そういう裏側のどろどろをよく知らずに、勇壮《ゆうそう》な祭りだというので最近は観光客なども観に来るようになっている」

観光客……っていうことは、たぶん昔始めたころに比べればずいぶん「戦い」の意味合いは薄れているのかな。

「勝ったほうは」

芳野さんが続ける。

「新しい太刀《たち》を神社に納め、その前年に納めてあった刀を、どちらのものであろうと持ち帰る」

それじゃ、前の年に勝って、次の年に負けると、相手方に太刀を取られてしまうってこと？

「太刀が……勝ち負けの象徴みたいな感じなの？」

「そういうことだ」

芳野さんは頷いた。

「じゃあ……やることは、武術大会みたいなものなんだよね？」

「精神的には本気の戦いだが、まあ、やっていることは確かにそうだ。そして、両家の当主がそれを見届けることになっている。俺の家では、今は父が当主でその役目を担っているが、おそらく若生家では、当代が病気だからいきなりお前なのだろう。理由もちゃんと説明せずに、ただ人形のように飾っておくつもりでいたのだな。裏で行われていることの説明も受けていないのだろう？」

芳野さんは言葉を続ける。

両家の仲は今でも険悪で、大金で宮司を買収しようとしたり、相手方が奉納《ほうのう》するつもりの太刀を盗んで隠したり、祭りに関してはいろいろな不祥事《ふしょうじ》がある。

普段から関連会社同士の仲も悪く、友人関係や縁談などもってのほか、レストランで両家の関係者同士が鉢合わせて両方とも席を立ってしまったり、なんてことは日常茶飯事なんだそうだ。

「ばかげたことだ」

芳野さんの声に怒りが混じる。

けれど、オレは怒りっていうより……なんていうか……

「それって、結局、ものすごく大掛かりな子どもの喧嘩みたいじゃない？」

どっちかっていうと呆《あき》れてしまう。

オレの言葉に、芳野さんがくっと噴き出した。

「誉、お前はすごいな」

楽しそうにオレの頭を両手で引き寄せてぎゅうっと抱きしめる。

「え？　な、なに？」

抱きしめられるのは嬉しいけど、なんか変なこと言った？

「俺が子どものころから叩き込まれ、実のところ違和感を感じてはいたものの、その違和感が何なのか自分でも説明できなかった。だが誉はそれをひと言で言ってくれた」

こ……子どもの喧嘩って言ったこと⁉

芳野さんはひとしきりくっくっくっと体を震わせて笑っていたけれど、やがてオレの肩を摑《つか》んで少し体を離した。

まだ口元にちょっぴり笑みが残る、けれど真面目な眼差《まなざ》し。

「俺はこの祭りを何か違うことにしたかったんだ。今、それがわかった。相手がお前なら、きっとできる。俺がお前に惹《ひ》かれたのは、運命だったんだな」

何かの決意に溢れた言葉の語尾に、甘いものが混じる。

「誉……」

両手で頰を包まれる。

間近で見つめられて、なんだかどきどきする。

そっと顔が近付いて……オレはもう、目を閉じるタイミングまで体が覚えてしまっていて。

唇が触れる。

いつもより熱い。

ああ、このキス。オレの頰を包む芳野さんの手の温度が上がる。オレの頰も。

触れるだけのキスを何度か繰り返し、やがて芳野さんの舌がオレの中に入ってくる。

頭がぼうっとして、体全体が熱くなってくる。

「誉……」

唇が触れ合う位置で、芳野さんが囁いた。

「お前が欲しい……だめか？」

甘く熱い声。

オレの体の芯《しん》が、かっと熱くなる。

意味は……わからないけどわかる。オレたち二人が、もっと近く、もっと深く触れ合うってこと。

恥ずかしい……けれど、オレの中の何かもキスだけじゃ足りない、って言ってて。

芳野さんの目が見られずにそっと頷くと、芳野さんはすっくと立ち上がり、オレの背中と膝を掬《すく》うように抱き上げた。

そのまま隣の部屋に向かい、半開きになっていたドアを蹴《け》り開ける。

ベッドルーム。幅の広い大きなベッドがひとつ。

その上に、芳野さんはオレの体をそっと横たえ、覆《おお》いかぶさってきた。

「この髪……この目」

そう言いながら、確かめるように髪を梳《す》き、目の周囲を親指でそっと撫《な》でる。

「きれいな色だ。それがお前の外見を優しくやわらかく見せているが、本当のお前は芯がしっかりしていて、強い」

恥ずかしくて、嬉しい言葉。髪や目の金茶がかった色や、大きな目なんかがオレを一見「おとなしくて気弱そう」に見せることは知ってる。友達は「おとなしそうな美少年かと思ったら中身は江戸っ子なんだもんなあ」なんて呆れている。

そのたびにオレは「人を外見で判断するから騙されるんだ」って笑って言い返してるけど、実のところ自分の外見をちょっと鬱陶《うっとう》しく思うこともあった。

でもそれを芳野さんが「きれい」と言ってくれると嬉しい。

額に、瞼《まぶた》に、鼻に、頬にくちづけながら、芳野さんがオレの着ているものを一枚ずつ剝《は》がしていく。

誂えのスーツ。慣れないカフス。ネクタイにネクタイピン。ぴんと糊《のり》の利いた真っ白なシャツ。

オレをオレじゃなくしていたものが剝がされて、次第に本当の自分を芳野さんの目にさらしている気分になる。

オレの首筋にキスをしながら、芳野さんの手が、下着の裾《すそ》から入り込み、腹から胸にかけてを撫で、ゆっくり上がってくる。

熱い、手。

自分の心臓がどきどきして、体温が上がっていくのがわかる。

肋骨《ろっこつ》を数えるようにまさぐり、背中まで手を回し、それからまた前に戻ってくる。

触れられたところが全部敏感《びんかん》になって、恥ずかしくて、オレはちょっぴり心もとなくて、芳野さんの手が動いているあたりに目をやる。

と、胸のあたりをまさぐっていた手の、ほんの指先が、オレのちっちゃな乳首をかすめた。

「あっ……」

思わず上がった声にびっくりして両手で口を塞《ふさ》ぐ。

だって……ちょっとかすめただけなのに、背骨を熱い何かが通り抜けたみたいに感じて。

芳野さんが顔を上げて、優しく……それでいてどこか物騒な光を宿した目でオレを見つめる。

目と目を合わせたまま……今度は意図的に、芳野さんの指がそっと乳首に触れた。

「……っ！」

びくんと体が大きく震える。

なんだろう、どうしてだろう。自分では気にも留めていない場所なのに。

指先が、乳首を押し潰《つぶ》す。それから、今度は逆に二本の指でつまみ上げて擦《こす》る。

「あ、や、やっ……」

芳野さんと視線を合わせていることが恥ずかしくて、オレはぎゅっと目を閉じた。

すると芳野さんの顔が胸に下りて、指で触れているのと反対側に、下着の布の上から唇を寄せ、ちゅっと吸い上げる。

腰の奥にびりびりっと電流が走った。

「あ……んっんっ……やっ……」

下着が捲《まく》り上げられる。素肌をさらしてちょっと寒さを感じたのも束《つか》の間《ま》で、すぐに両方の乳首に触れられてかっと体が熱くなる。

あ、あ、舌先が乳首を転がす。ちゅっと吸われ、それから押し潰される。

どんどん乳首が敏感になって、やめてほしくて、でもやめてほしくなくて。

オレ、どうなっちゃうんだろう。

「誉……」

芳野さんが低く呼んで、片手をオレの下半身に辷《すべ》らせた。

「あ……！」

背中がのけぞる。

オレの、そこ。下着の上から指でなぞられて、そこが大きくなっちゃっているのがわかる。

どうして？　触れられてもいないのに。

二本の指が形をなぞるように上下する。それだけで、痛いくらいに血が流れ込む。

「あ、あ、や、芳野さん……よし……っ！」

思わず小さく悲鳴のような声を上げると、芳野さんが体を動かし、視線が合わさるところまで戻ってきた。

光を宿した黒い瞳。

「大丈夫だな、誉。お前が本当はどういう意味で俺を好きだと言ってくれているのか、ちょっと不安だった。でも……お前がこうして感じてくれているのなら、大丈夫だな」

不安だなんて、芳野さんには似合わない言葉。

「好き……意味なんてわからないけど、芳野さんが好き」

「ああ、今わかった。俺がお前を欲しいのと同じように、お前も俺を欲しがってくれているということが」

口元に笑みを浮かべながら、下着のゴムをかいくぐって手が中に入ってくる。

「ああ、んっ」

熱い手に直接握《にぎ》られる。ゆるやかにその手が上下する。

こんな……こんなことって。

「だめ、や、いっちゃうからだめっ」

うわ！　ものすごく恥ずかしいことを口走った気がする。

「いってくれ」

真面目な声でそう言って、芳野さんがまた胸にくちづける。

乳首を吸われ、転がされ、同時に下を優しく扱《しご》かれ、先端をくすぐり……それが次第に濡《ぬ》れた感触になって、オレのものが、雫《しずく》を溢れさせているのがわかる。

どうしていいのかわからなくなって、胸のあたりにある芳野さんの頭を、しがみつくように抱く。

「やっあっ……あ、あ、あ、だめ、や、い、いっちゃ……！」

ひときわ強く扱き上げられて――

あっけなくオレは爆発した。

「あ、あ、あ……」

体がびくんびくんと跳《は》ねる。

心臓が苦しいくらいに走っている。

こんな……こんなこと。

「誉……俺の手でいってくれたな。嬉しいよ」

芳野さんが俺の額や頬にたくさんくちづける。

「嬉……し……？」

「ああ。俺に感じてくれたから」

そうだ。これが他の誰だったとしても、きっと嫌悪感しか感じない。

芳野さんだからこそ、どんなに恥ずかしくても、嫌じゃない。自分の一番恥ずかしいところも、芳野さんだから、見せられる。

好きって、こういうことだったんだ……！

でも……

「オレだけ、なの……？」

オレだって小学生の子どもじゃない。こういうことが、一方的な行為じゃないってことぐらいは知ってる。男同士でどう……っていうのは、すごく漠然《ばくぜん》としてるけど。

「芳野さんは……？」

そっと手を下に辷らせてみると、ズボンの上からでも、芳野さんの固く大きなものがわかった。

「……っ」

芳野さんが一瞬息を呑み、固く眉を寄せる。それがなんだか嬉しい。

「オレも……こうすれば……いい……？」

おそるおそる、その熱いものを両手で覆ってみる。

「ちょっと待て」

芳野さんは苦笑しながらオレの手をそっと掴んでそこから離した。

「それも嬉しいが……その先を、と言ったらお前はどうする……？」

秘密めいた小声の問い。

その先。オレがまだ知らなくて、知ったらきっと後戻りなんてできないこと。

でも……芳野さんの望むことはきっと、オレ自身も望むに違いないこと。

「して、芳野さんがしたいように」

「誉……！」

芳野さんはぎゅうっとオレを抱きしめ、それから決意したように体を起こした。

まだ身に着けていたものを、ゆっくりと脱ぎ去っていく。

タキシード姿から、今までオレが知らなかった下着まで、すべて取り去って。

そこにあったのは、滑《なめ》らかな筋肉に覆われた、彫刻のように美しい芳野さんの体だった。

服を着ている時よりもさらに男らしい、神様がどんな細かなところまでも手を抜かずに作った、ただ美しいとしか言いようのない体。

その姿を見てどきんと心臓が鳴って、腰の奥が疼《うず》いてくる。

芳野さんがオレに覆いかぶさり、オレの体にまだ引っかかっていた下着を取り去ってしまう。

裸と裸。

そっと芳野さんが身を倒し、素肌が重なる。それだけで、嬉しくて、気持ちが良くて、それでいてなんだか切なくて、もうずっとこのままでいたくなる。

肩に触れてみる。逞《たくま》しい、広い肩。けれど筋肉の手触りが滑らかで心地いい。腕。胸。わき腹。

「あ……んっ」

芳野さんも同じようにオレの体をまた一から探って、乳首を指先で転がす。

だめだ。芳野さんを知りたい、もっと触れていたいと思うのに、触られると自分の体の反応のほうでいっぱいになってしまう。

「誉……また」

囁きと同時に芳野さんの手がまた下に辷り、足の間のものがまた立ち上がっているのがわかる。いっちゃったばっかりなのに……！

「わかるか？　俺もだ」

芳野さんが、擦り付けるように腰を押し付けてきた。

「あ……」

大きい、固いもの。それが同じように力をみなぎらせて、オレのものと触れ合う。

「さわっても……い？」

「ああ」

触れると……それは想像したよりもずっと熱くて大きくて。浮き上がった血管の太さまでがオレの手に伝わってくる。すごい。

「オレ……すれば、いい？」

さっき芳野さんがオレにしたみたいに。そう思って、そっと握って手を上下させてみると、芳野さんがくっと唇を噛んだ。

「誉……それも嬉しいが」

困ったような笑みを口元に浮かべながら、低く囁く。

「俺は誉とひとつになりたい。嫌か？」

ひとつになる……？

芳野さんとひとつになる。その言葉が、オレの奥深くにある何かに火をつける。

「なりた……なれる、の……？」

「誉が嫌ではなかったら。もし嫌だったら、やめるから」

芳野さんがオレにすることで、嫌なことなんてあるはずがない。

「して……ひとつにして……！」

口にしたとたん、ものすごく恥ずかしいことを言ったような気になってしまう。

けれど芳野さんは真面目に頷いた。

「優しく……するから」

そう言って、またオレの体のあちこちを探り、くちづけていく。

オレはもう、手の届くところの芳野さんの肌を掌《てのひら》で確かめることぐらいしかできなくて。

「あ……っ、あ、や……っ」

体中の思いがけないところが、痛いようなむずがゆいような、それでいて気持ちのいい不思議な感覚に襲われる。

何がなんだかわからない。

芳野さんがオレの体をうつ伏せにひっくり返し、お尻の肉を両手で鷲掴《わしづか》むようにして両側に開いたときも、何が起きているのかわからなくて。

「あ……！」

狭間にいきなり、熱く濡れたものが触れた！

「ああ、や！　や、よしのさ……！」

そんな恥ずかしいところ……人に見られるなんて考えたこともなかったところを。

舌、だ、芳野さんの舌が……！

「あ、ああ、やっ、そんな……の……！」

嫌とか嫌じゃないとか、そういう問題じゃなくて……！

「嫌か？」

「ああ、あ……あぁ……んっ」

どうしよう。

気持ちがいい。

体がそこからぐずぐずに溶けてしまいそうなほど。

こんなに敏感《びんかん》な場所だなんて知らなかった。

ちろちろと舌が動き、やがて指先が触れて、やわらかくその周囲を撫で始める。

オレはもう、シーツにしがみついて、とんでもない声を上げてしまいそうなのを耐えるのに必死で。

「あ――――！」

つぷりと指先が沈んだ！

中に。オレの中に、芳野さんの指、が！

「痛いか？」

気遣《きづか》わしげな……けれどどこか切羽詰った掠《かす》れ声に、ただ首を横に振る。

広げられて突っ張るような感じはあるけれど、痛いのとは違う。

これは……これは……！

「ああっ……っ、んっ、んっ、んっ」

最初は小刻《こきざ》みに、それからゆっくりと深くまで押し入れられ……またゆっくりと引き抜かれる。

「やっ……！」

行かないで。そう思った瞬間に、また深くまで入ってくる。

オレの内壁《ないへき》が、芳野さんの指を欲しがっている。中にいて欲しい。指が触れたところから、今まで知らなかった熱が生まれ、体中に広がっていく。

もう、自分の中にある芳野さんの指のことしか考えられない。

連動して、前も痛いくらいになっている。

ちょっとでも触れられたらいってしまう。

でもどうしてか、今はそれを我慢したいような気持ちで。

やがて指が引き抜かれ、芳野さんがオレの腰を引き、高く上げるような格好で這《は》わされた。

オレのすべてが、芳野さんの目の前にさらされている。

死んでしまいたいような恥ずかしさなのに、芳野さんのしたいようにして欲しい、という気持ちのほうがずっと大きい。

「誉、痛かったらちゃんと言ってくれ」

芳野さんが背中にくちづけながら言った。

そして……その場所に、熱く固い塊《かたまり》が押し付けられた。

指じゃない。

え……？　もしかして、と思った瞬間。

「あ……！」

熱の塊が、オレの中に入って、くる……！

少しずつ、奥へと押し入ってくる。

圧迫感で息が詰まる。でも、でも、これは芳野さんのもの。

じりじりと奥へと入ってくるのが、苦しいのに嬉しい。

ひとつになるって、こういうこと……！

「大丈夫か?」

気遣わしげな声が背後で聞こえる。

首をなんとか振り向かせると、芳野さんが何かを耐えるように眉を寄せて、オレを見つめている。

額に一筋かかった黒い髪が、どきっとするほど艶《つや》っぽくて。

「だ……い、じょ、ぶ」

自分でもそれが嘘か本当かわからないけど、芳野さんにはどっちだかわかったみたいで。

ぐぐっとさらに奥まで押し入って。

ゆっくりとぎりぎりまで引き抜かれて。

また奥まで入ってくる。

その抜き挿しが、ぞくぞくするような、体のすべての部分を疼かせるような、熱で蕩《と》かしてしまいそうな、感じ。

芳野さんの手は、いつの間にかオレの腰をしっかりと支えている。

オレはもう、額をベッドに押し付けていることしかできないけど、耳に届く芳野さんの息が、次第に荒くなってくる。

時折耐えかねたような短い呻《うめ》き。

ああ……芳野さんも、いい、んだ……!

抜き挿しが速くなる。

オレの内壁もひくひくと蠢《うごめ》いて……腰までもが芳野さんの動きに合わせるように動き出す。

頭の中が真っ白になる。

オレ、どうなっちゃうんだろう。

芳野さんの手が、オレの前に回った。

「あっ……、あっ、だめ、あ――！」

あっという間に痛いくらいの快感に襲われて。

「誉……誉……好きだ……！」

呻くような芳野さんの声を聞いた瞬間に、体の奥で何かが爆発した。

「あああああ――――！」

同時に、背中で芳野さんの声にならない呻きが聞こえたような気がして。

オレの中に、熱いものが迸るのがわかる。

そして次の瞬間には、オレは真っ白な闇の中に落ちるように意識を失っていた。


「大丈夫か」

芳野さんが、靴を履《は》こうとして一瞬よろめいたオレの体を心配そうに支える。

「だ……いじょぶ」

恥ずかしい。嬉しい。体中がそんな感じ。

終わったあと、ぐったりしているオレの体を、芳野さんがお湯で濡らしたタオルで丁寧《ていねい》に拭《ぬぐ》ってくれて。

それから服を着るのを手伝ってくれて。

これからオレはホールに、芳野さんは家に戻る。

それは、オレたちが……というよりは、芳野さんが、ひとつの決意をしたから。

「成人してからのほうがいいのかと迷っていたが……決めた。今年の祭りは、父の代わりに俺が出る。祭りを、違うものにしてみせる」

違うもの……？　どうやってどういうふうにするつもりなんだろう。

でもそれはきっと、オレたち二人にとっていい方向のもののはず。

「オレはどうすればいいの？」

「まだ誉に何を頼めるかはわからない。だが、祭りまではまだ間がある。通学の電車の中でなんらかの形で連絡を取れるようにするから、待っていてくれ」

「わかった」

今までのように車両を打ち合わせることは難しいけど、芳野さんに考えがあるなら、オレも頑張る。

「じゃあ、行くぞ」

黒い髪をきちんと整え、決意を込めた黒い瞳と、引きしまった口元の真剣さが、見とれてしまうほど男らしく美しい。その顔を、芳野さんが近寄せてくる。

儀式のような、神聖な感じのするキス。

オレは芳野さんとひとつになった。

それは、同じ考えを分かち合うことにもなる気がする。

芳野さんは、今はまだオレにも具体的には言えないみたいだけど、オレはオレで、「祭りを変える」ことができるなら、何とかしたい。

憎しみに縁取《ふちど》られた諍《いさか》いではなく、もっと両家の憎しみを和らげる方向での神事に変える方法が、きっとあるはず。

オレも自分ができることを考えなくちゃ。

部屋を出てエレベーターで降りると、あんなにホテルじゅうを逃げ回った気がするのに、若生家の集まりのあるホールのすぐ近くだった。

「若殿！」

芳野さんの護衛と、他に数人の男がかけ寄ってくる。

「ここでちょっと待て」

短く言って、芳野さんはオレの背中に手を当ててホールに向かう。

ホールの入り口に拳《こぶし》を口元に当てて視線を床に落とした三笠がいて、はっとオレたちの気配を感じたのか顔を上げた。

銀縁の眼鏡の奥の厳しい瞳が、ちょっとほっとしたいろを帯びる。

「お戻りになりましたね」

「責任を持つと言ったはずだ」

三笠の言葉に芳野さんが重々しく答える。

「じゃあ……」

芳野さんが、その後に続く何千、何万もの言葉を飲み込み、オレを見つめる。

オレもじっと芳野さんを見つめ返す。

また今度。

いつかはわからないけど、絶対に絶対にあると信じる「今度」。

唇を噛んでオレは頷き、三笠のほうに向いた。

「あと、することは？」

「最後のご挨拶を……おできになりますか」

「大丈夫」

挨拶については事前に言われている。

三笠とともにホールの中へと入っていくと、あちこちから気遣わしげな視線がオレに寄せられる。

オレはそのまま壇上《だんじょう》に上がった。

司会者らしいタキシードの男が、「それではお開きのご挨拶を若殿さまより頂戴《ちょうだい》いたします」と、オレにマイクを渡す。

オレは深呼吸して、ホールを見回した。

これだけの人々。若生家に関係があったり、利害関係があったりする人々。

みんな、オレという跡継ぎが見つかったことをこうして喜んでいる。

とりあえず、今日のこの場だけはちゃんと納めないと。

「今日は」

思ったよりもしっかりした声が出た。

「オ……僕のために、わざわざお集まりいただいて、ありがとうございました。ちょっと緊張して、具合が悪くなったので抜け出してしまいました。ごめんなさい。これからもよろしくお願いします」

ぺこんと頭を下げる。

会場中から拍手が湧き起こる。

再びマイクを受け取った司会者が締めの言葉を口にしているのを背に、壇から降りて三笠に近付く。

「あのままお逃げになるのかと思いましたが」

淡々とした声にわずかに安堵を滲《にじ》ませて三笠が言う。

「戻っていらしたということは、若生家の若殿としての覚悟が決まったと考えてよろしいですね？」

今はただ……今日集まった人たちを失望させずに会を終わらせたかっただけだけど。

芳野さんのことが頭に浮かぶ。

「三笠……芳野家とは、争わずに関係を変えることって絶対に不可能なの？」

「不可能です。若殿の個人的感情でどうこうできるようなものではないのです。これまでの長い歴史の中で、命を失った者も大勢います。彼らの気持ちを無駄にはできません」

三笠の言葉はきっぱりとして、反論のしようがないように思える。

でも……でも。

芳野さんは「変える」と言った。

三笠がどう言おうと、オレだってそうしたい。三笠を安心させておいて、電車の中での連絡を待つしかない。

今までは「若殿」をやめたいとばかり考えていたけれど、「何か」ができるなら、このままでいたほうがきっといい。

「では、若殿、お先に」

三笠が促《うなが》した。

会場の人々は、オレが先に出て行くのを待って、扉まで道を作るように空間を開けている。

オレは三笠の前に立って歩き出した。いろいろ言葉をかけてくる左右の人たちに頭を下げながら。

そして玄関ホールまで来ると、黒塗りの車が待ち受けていた。

運転手が丁重にドアを開ける後部座席に乗り込む。続いて三笠が隣に。

車は発進し……オレは、窓の外の景色を見ながら、いつの間にかさっきのことを考えていた。

芳野さんとの……ひと時。

好きな人と二人きりでいて……そして、あんなふうに体を繋《つな》げることの悦《よろこ》び。

またあんな時間をいつか持てる時がくるんだろうか。

そんなことを考えていて、ふと、車が向かっているのが家とは違う方角だと気付いた。

高速道路に乗ろうとしている。

「どこへ!?」

思わず三笠を見ると、三笠は前を向いたまま答えた。

「このまま国許へお戻りいただきます。祭礼の日まであと半月しかありません。覚えていただくことがたくさんございますから」

「そんな！　学校だってあるのに！」

「学校には休学の届けを出させていただきました」

オレに黙って勝手にそんなことを！

そんなことになったら……芳野さんとの連絡も取れなくなってしまう！

「戻って！　家のほうに戻って！」

オレは座席の間から運転手に向かって言った。でも運転手はまるで聞こえていないかのように、料金所を通り抜け、高速に乗ってしまう。

くっそー、なんてことだ。

オレは後部差席のドアに飛びつき、ドアを開けようとしたけれど、ロックがはずれない。

「お静まりを」

三笠がオレを押さえ付けた。細身の外見に似合わない力。

「放せ！　うちに帰るんだ。放せえ！」

「国許のご本邸が若殿の家です」

油断した。どうしよう。どうやって逃げよう。

いい考えも浮かばないまま、車はオレを乗せて東京から、オレの家から、芳野さんから、遠ざかって走り続けた。

＊＊＊

「若殿、おいででございますか」

「はい」

和室の外から誰かの声がして、オレが答える前に、和室の中にいた割烹着《かっぽうぎ》姿の女性の一人が答えた。

当のオレは和室の真ん中に突っ立って、さっきからとっ替えひっ替えいろいろなものを着せられている。

主に和服。

祭りの当日、いろいろな場面でそれぞれ着るものが決まっているらしくて、烏帽子《えぼし》に水干《すいかん》だとか、袴《はかま》に裃《かみしも》だとか、次から次へと出てくる。その色を決めたりサイズを直したり、女性たちは楽しそうだけどオレはめまいがしそう。

最後には若生家に代々伝わる、重文級だとかいう鎧《よろい》が引っ張り出された。これは必ず着ることになっているらしい。

「凛々《りり》しくてご立派」と褒《ほ》めそやされたけれど、鎧だけでも重くてふらふらするのに、兜《かぶと》をかぶったら頭がものすごく重くてぐらぐらして首が痛くなって。

今回はオレの顔見世の意味合いもあるので、兜はやめることになった。

結構《けっこう》適当なんだ、そういうところ。

それって、祭りそのものが形だけになっているってことじゃないのかなあ。

それともやっぱり、祭り当日の空気は殺伐《さつばつ》としてるんだろうか。

国許の別邸に、ほぼ軟禁状態《なんきんじょうたい》になって十日ほど。

騙し討ちみたいに連れてこられて、携帯も取り上げられ、人が大勢いて常に誰かに見られている状態では逃げるのは不可能だと悟ったオレは、とにかく表向き、三笠や他の人の言うことをきちんと聞くことにした。

祭りについては、思ったよりも心構えをしなくちゃいけないことがたくさんある。

真面目にやってみると歴史好きなオレとしては興味深いこともたくさんあって、心からこの祭りを楽しめたらいいのに、とも思う。

そんなオレを三笠はどう思っているのかはわからないけど、とりあえず様子を見ているのか、東京にいるときほど厳しくはない。

屋敷の内外は、すっかり祭礼の用意一色になっている。

屋敷は、古い和館を比較的新しい洋館が取り囲むような構造で、和館の一番奥に大殿の病室があって、その周囲だけはとても静かだ。

オレの部屋は洋館にあるけれど、ここ数日はしょっちゅう大殿の病室から離れた和館の一室に呼び出されている。

襖《ふすま》を開けたのは、かつての「家老格《かろうかく》」の家の一人、若林という三十前後の男。

彼が現れたということは。

「若殿、そろそろ馬場のほうへお出ましいただきたく」

襖の外で膝をついて頭を下げる。

参っちゃうなあ。

祭礼のときにはただ上座にいるだけでいいと言ったのは誰だっけ。

実際に準備が始まってみてわかったんだけど、当主はいわゆる「大名行列」というので、下社へ参拝してから上社へ向かわなければいけなかったんだ。

そして、その大名行列ではなんと、馬に乗らなくちゃいけないんだ！

なにしろ、観光用とかじゃない、大昔から続く「本物の」大名行列だ。周囲を固める武士たちも、「本物の」若生家家臣の子孫ばかり。みんな子どものころから祭りのために訓練していて乗馬には慣れている。オレだけがド素人《しろうと》。

ここ三年ばかり、大殿は病で祭礼に出席できず、旧《きゅう》家老格の中から回り持ちで「ご名代《みょうだい》」を務めていたとか。しかもその間、若生家は負けっぱなしで、今年こそは若殿が見つかって出てくるというので、市内の人々の期待度も高いのだとか。

オレにそんなに期待されても困るんだけど……。

大体オレは、自分がまだどうしていいのかわからない。

芳野さんとは、あれ以来全く連絡が取れなくなってしまった。

あれからオレが全然電車に乗っていないし、芳野家は芳野家でいろいろ情報網があるみたいだから、オレの状態は察してくれているかもしれないけど……オレのほうは何もわからない。

そんな状態のまま、ただただ祭り……「仇敵との戦い」の準備に巻き込まれている気がして辛い。

ここに来た最初のころに一度、夜中に塀《へい》を乗り越えて逃げ出そうとしたけど見つかってしまって、三笠に散々絞《しぼ》られた。

そんなことをぼんやり考えながら突っ立っていると、

「お着替えはどういたしましょう」

着付けしていた女性の中で一番年配の人が、廊下の男に声をかけた。

「ちょうど袴をお召しですから、そのままお越しいただきましょう」

「それでは」

周囲の女性たちがオレから環《わ》を描くような形で遠ざかり、それが、オレが足を踏み出す合図になってる。

若林は、オレを屋敷の敷地内にある馬場に連れ出した。

見たことのない栗毛《くりげ》の馬がいて、見覚えのある馬丁《ばてい》が側に立っている。

「黒陰《くろかげ》ではないのか」

「黒陰は若殿との相性がよろしくないかと思いまして、本日は勇嶋《いさこま》を用意してみました」

馬丁が頭を下げる。

黒陰って、この間オレが落っこっちゃった馬か。黒光りのするすごくきれいな馬だったけど、オレみたいな初心者を乗せていらついたのか、いきなり走り出したんだ。

馬に乗る時は、馬丁が差し出した両手を踏み付けるように台替わりにして乗る。

乗ったら手綱を持って、鐙に足をかけて。

これを、袴と草履《ぞうり》でやらなくちゃいけないわけだから、難しいったらこの上ない。

案の定、今日の馬も、なんだか嫌がるように足踏みをしている。

「若殿、も少し腿《もも》の内側に力をお入れくださいませ」

「若殿、手綱《たづな》をも少し短めに……安定がお悪いようでしたら、たてがみをひと摑み、一緒にお持ちくださいませ」

ううう……オレ、絶対乗馬の才能はない。

今日の馬も、結局いらいらして勝手にとことこ歩き出し、オレが何をしても言うことを聞いてくれない。

「こら、勇嶋」

馬丁が走ってきて手綱の口元を摑むと、ようやく馬は立ち止まる。

「これは……間に合わないかもしれないな」

家老格の家の男が言うと馬丁も頭を下げる。

「やはり、短期間ではご無理かと。和鞍《わぐら》でございますし、この上に鎧もお召しになるわけですから……やはり私が口取《くちと》りをいたしましょう」

三笠に「目下の者」に対する口の利き方をさんざん注意されて、オレは自分から口を開くのも嫌になってしまった。

どう考えたってオレより年上で、人生経験もあって、しかもオレに何かを教えてくれる人たちに「お前」呼ばわりは違和感ありすぎだ。

けれど、別にオレが口を利かなくたって、こうやって周囲の人たちが勝手に会話をして物事を決めていって、オレは黙っていればそれを承諾《しょうだく》したことになるらしい。

まあ、便利って言えば便利？

そんな感じで大名行列のほうは、オレはただ落ちないようにどこかに捕まって、馬丁が馬を引いてくれることになった。

他にも、流鏑馬、居合などの稽古《けいこ》を見学して、勝ったほうに褒美《ほうび》を与える所作《しょさ》の練習とか、やることはきりがない。

言われる通りに動いてはいるけれど、オレはただ言いなりになってこの祭礼を終わらせるつもりはない。

芳野さんに何か考えがあるなら、オレも考えておかなくちゃ。

芳野さんは、この何百年も続いていて、今は形だけになってしまっているのにまだ続いているいがみ合いをなんとか変えたいんだと思う。

だったらオレに何ができるのか……。

まだそれは見えてこない。

それでも、外見上はおとなしく人々の指示に従って毎日を過ごしていると……。

珍しく何もない午後、三笠が部屋にやってきた。

「毎日お忙しいと思いますが、お加減の悪いところなどございませんか」

例によって感情のこもらない平坦《へいたん》な口調。

銀縁眼鏡の奥の瞳が、オレをじっくり観察しているように感じる。

「特にないけど」

「……おとなしくご立派に準備をなさっていると聞きました。これは、何か悪巧《わるだく》みがあるのではなく、若生家の若殿としての自覚が出てきたと思ってよろしいですか」

「好きに思えばいい」

オレは三笠から目をそらして言った。

「……それでは、少しご褒美を差し上げてもよろしいころですね。そのお年でいきなりご両親のもとを離れるのはお寂しいでしょう」

もしかして家に帰してくれる⁉

一瞬湧き上がった希望は、続く言葉で潰された。

「ご実家にお電話をなさってもよろしいですよ。ご両親の声がお聞きになりたいでしょう」

なんだ、電話か……と思ったけれど、実のところ両親に挨拶もせずに国許に来てしまったわけなので、そういうことも含めて声を聞きたいのは確か。

「したい。いつ？　今？」

「お望みでしたら今すぐ。盗み聞きなどいたしませんよ」

そのひと言が余計なんだと思いながら、三笠が差し出した携帯を受け取った。

「後ほど受け取りに参ります」

そう言って三笠は出て行く。

オレは、家の番号を押しながら、どうして芳野さんと携帯の番号の交換でもしておかなかったんだろう、と思った。

そうしたら隠れて連絡を取れたかもしれないのに。けれど……芳野さんと一緒の時間はあまりにも貴重すぎて、そんなことすら思い付かないくらいだったんだ。

二回のコールで母が出た。

「もしもし」

「あ、あの……オレだけど」

「オレなんて人は知りませんよ。なんの詐欺《さぎ》なの？」

言いながら、母は笑っている。

「元気？　三笠さんからは、いろいろずいぶんと頑張っているって伺ってるけど」

三笠が……そんな連絡をしてたんだ。

「訳わかんないことばっかりだよ。和服着たり馬に乗ったりさあ」

「まさかねえ、こんなことになると知っていれば乗馬でも習わせておいたのにねえ」

冗談とも本気ともつかない母の言葉。

ああ、でもやっぱり親の声っていいな。心細い時に力をくれる気がする。

「母さんたちは祭りに来るの？」

「そのつもりよ。三笠さんが宿を取ってくれるらしいから、観光だと思って見物させてもらうわ。当日誉に会うのは難しいって聞いているし。あ、そうそう」

母が何か思い出したように口調を変えた。

「電話があったのよ、芳野さんっていう大人っぽい口調の人。心当たりある？」

大ありだ!!

「何？　なんて言ってた!?」

「ええとね、とにかく誰かに伝言はしないで絶対誉本人と連絡が取れた時に、っていうことだったんだけど……」

母が向こうでメモ用紙をめくる気配にじりじりする。

「ああ、これだわ。あのね、今はとにかく待てって……お祭りの準備に全力を尽くせって。これ、どういう意味なの？」

芳野さんが……そんなことを！

オレの喉《のど》のあたりに、ぐっと熱い塊がつっかえそうになった。

今はとにかく待て。

芳野さんがそういうのなら、オレは待つ。

「誉？」

「あ……ううん、ちょっとした暗号。たいしたことじゃないから気にしないで」

オレは必死で平静を装った。

「で、電話番号とか言ってた？」

何気ないふりをするのがすごく難しい。

「いいえ、それだけよ」

ちょっとがっかりしたけど、でもオレにはそれで十分だった。

今はとにかく待て。

今はとにかく待て。

きっと芳野さんは、オレが置かれている状況まで全部わかっていて、実家に電話をくれたんだ。

他にも少し何気ない会話をして電話を切った時、オレの手は震えていた。

芳野さんの伝言が嬉しくて……オレに勇気を与えてくれる。

芳野さんが言うとおりに、祭りの準備を一生懸命やる！

かなり時間がたってから三笠が電話を受け取りに来た。

「ご気分は晴れましたか」

「うん、おかげさまで」

動揺は収まっていたので、携帯をしっかりと三笠に返す。

「今夜、正座の練習はどうなさいますか」

オレが一番苦手で、できればやりたくないけど、やらなくちゃどうしようもないこと。

今までは嫌々だったけど。

「ちゃんとやる。板の間のほうで」

最初畳から始めたけど、最終的にはなんと二時間以上板の上に座らなくちゃいけないわけだから。

「それはそれは」

三笠がちょっと眉を上げた。

「ご両親へのお電話はなかなかいいお薬のようですね。これは、ご覚悟が決まったことと考えてよろしいわけですか？」

嫌味に聞こえなくもないけど……。

「そう思ってくれていい」

オレが答えると、三笠はそれ以上何も言わずに頭を下げ、

「では夕食後にお迎えに参ります」

と言って部屋を出て行った。

＊＊＊

一生懸命何かをしていると、日々はあっという間に過ぎる。

ついに、祭りの前夜を迎えた。

夕食後、和室で紋付《もんつき》に着替えさせられる。

たぶんはたから見ると、七五三だろうなあ。

着付けが終わると、三笠はじめ家老格の大人たちが迎えに来る。

全員紋付姿だ。

そして、和館の奥の大殿の寝所へ。

そこへ行くのは、この屋敷に来た日に挨拶をして以来だ。

廊下に大人たちを待たせて、オレだけが和室に入る。

二十四時間体制で交代勤務をしているらしい看護師さんが、奥の部屋の襖をそっと開ける。

オレは奥に敷かれている布団に近付き、正座をして両手を前につき、大殿の顔を覗《のぞ》き込んだ。

「大殿」

呼びかけると、力なく両目が開く。

「……誉か」

「はい、明日はいよいよ、大殿に代わって私が芳野家を成敗《せいばい》いたします」

「そうか」

そう言って大殿は目を閉じてしまう。

指示された挨拶はそれだけ。でも……こんな形だけのことでいいんだろうか。

いずれはオレの戸籍上の父親になる人。

病に倒れるまで、ずっと祭礼で「殿」を務めてきた人。

その人に、尋ねてみたいことがある。

聞こえない状態なら独り言でも構わない。

「大殿……大殿は、祭りはこのままでいいと思われますか？　両家は永遠に憎み合わなくてはいけませんか？　大殿は、個人的にも芳野家を憎んでおられますか？」

呟《つぶや》くように尋ねると……白く長い眉毛の下の眼が、ぱっと見開かれた。

鋭い視線がオレを見つめる。

怒られるだろうか。

けれど……大殿はゆっくりと口を開いた。

「お前はその疑問を持つか」

「はい」

「ならば……そこの茶箪笥《ちゃだんす》を開けなさい」

家具がほとんどないこの部屋の床の間に置いてある、美術工芸品と言ってもいいような、使い込まれた小さな茶箪笥。

「一番上の、引き出しの奥に、紐《ひも》が」

途切れ途切れの言葉通りに引き出しの奥に手を突っ込むと、紐があった。それを引くと、引き出しの奥の板がはずれる。

隠し扉だ。

その中を探ると、小さな古い真鍮《しんちゅう》の鍵が出てきた。

「鍵があったか」

「はい」

「次は一番下だ」

一番下の引き出しを開けると、細長い木の小箱が入っている。鍵を当ててみるとぴたりと合う。

開けてみると、中には十五センチくらいの小さな刀が入っていた。

「これですか」

布団のほうに向き直って、大殿に見せると、しっかりと頷く。

「その小柄《こづか》を抜いてみよ」

そっと鞘《さや》を取ると、中には、想像したような小さな刃ではなくて、固く丸めた和紙のようなものが入っていた。

「これを?」

尋ねると、大殿は頷く。

おそるおそる開けてみると、それはあちこちが今にも破れそうな、古い古い和紙だった。

墨でびっしりと何か書き付けてあるけれど、オレには読めない。

「これは……?」

「隠し場所から見つけるのが遅すぎて、私は扱えなかった。お前が何かを変えたいと望んでいるのなら、役に立つかもしれん」

そのためには、何が書いてあるのかを知らなくちゃいけないんだけど、大殿は疲れたように、力なく瞼を閉じてしまう。

「大殿……」

呼びかけたけれど、目は開かなかった。

呼吸も、次第に眠りに落ちた深いものになる。

どうしよう……と思った時。

「恐れ入ります」

襖の向こうから、看護師さんの遠慮がちな声がした。

「あまりお時間がかかりますと、お体に負担が」

「はい」

そう答えて、オレは急いで袖の中に小柄を入れ、大殿に頭を下げると、立ち上がった。

襖に手をかけると、向こうからすっと開く。

頭を下げる看護師さんに「ご苦労様です」と声をかけて、廊下に出る。

廊下には、紋付姿の大人たちが待ち構えていた。

「思ったより長くお話されたようですね」

三笠が探るように尋く。

オレはとっさに、小柄のことは三笠に言ってはいけないと思った。

「なかなかお目を覚まさなかったので」

答えると、大人たちは頷き交わす。

「では、こちらへ」

三笠が先頭に立ち、背後に他の大人たちを従えて、長い長い廊下を、玄関へと向かう。

屋敷の使用人たちが、列を作って頭を下げている。

草履を履いて車寄せに出ると、黒塗りの車が待っていた。

運転手が恭《うやうや》しく扉を開ける。

オレが乗り込むと、隣に三笠ではない大人が乗り込んできた。

「付き添いは我が家の役目でございますので私が」

いろいろ役割分担があるらしい。

車が向かったのは、祭礼の行われる境神宮の参道だった。

提灯《ちょうちん》がぶら下がって道を照らしている。

そして、一定の間隔をおいて、着物にたすき掛け、鉢巻をし、袴の裾を膝のあたりから縛っている若い男たちが、棒や槍《やり》を手にして見張りに立っている。

そして一の鳥居をくぐった広い参道の両側に、ふたつの小さな建物があった。その、右手のほうに導かれる。

急ごしらえなんだろうか、白木の小屋のようなもので、その外側には目隠しのように白い布が張り巡らされている。

そして、小屋の入り口の手前には、見張りが二人。

明日の大名行列は下社から始まるけれど、その前に当主はここでひと晩過ごすらしい。

それから明日、若生家に一度帰って、大名行列を始めると聞いている。

「この境神宮で、ご当主はひと晩精進潔斎《しょうじんけっさい》なさることになっております。ですので、今宵《こよい》はお一人でお過ごしいただきます」

ついてきた男が言った。

「昔はここで一週間精進潔斎したものですが、八十年ほど前からは、一夜限りのものに」

そういうところも……祭礼に本来の意味が薄くなって、形骸化《けいがいか》していることの表れのような気がする。

オレにとってはひと晩で助かるけど。

小屋の中に入ると、明かりはろうそくだけで、二間続きの和室。奥の部屋のほうに布団が敷いてある。

「こちらで、お召し物をお脱ぎください」

そう言われて、着るのも脱ぐのも慣れない紋付を脱いでいく。

それを、男が手早くきれいに畳んで、黒塗りの大きな四角いお盆みたいなものに重ねていく。

えっと……どこまで脱げばいいんだろう？

あと着ているのは、真っ白な絹の長襦袢《ながじゅばん》だけなんだけど。下着すら穿《は》いてない。

和服ってそういうものなのかもしれないけど、その最後の一枚までここで脱いじゃうわけ？

戸惑《とまど》うオレを見て、男は苦笑した。

「お慣れになりませんと、恥ずかしゅうござりますな。こたびは、私のお役目はここまでにさせていただきます。あとは、それをお召しのまま、あちらの湯殿《ゆどの》でお体を清めてください。長襦袢がもう一式置いてありますので、湯浴《ゆあ》み後はそちらを」

オレはほっとした。

恥ずかしいのももちろんだけど、長襦袢の袖の中には、例の小柄が入っていたから。

「それでは、若生家の勝利を祈願なさって、お休みくださいませ」

男が頭を下げ、紋付の入ったお盆を持って小屋から出ていく。

外から掛け金が下ろされるのがわかった。

つまり、ひと晩ここに閉じ込められるっていうことだ。

芳野さんはどうしているだろう。どこかで同じようなことをしているんだろうか。

明日には会える。どういう形でかはわからないけど。

とりあえずオレは、言われた通りに湯殿を探した。

この建物の一番奥に、木の扉がある。

開けてみると、真新しい木の匂いに満ちた、気持ちのよさそうなお風呂。

毎年祭りのたびに、こういう建物を新しく建てているのか。たったひと晩の精進潔斎のために。

湯殿の窓は木枠になっていて、板がはめ込んである簡単な造り。スライドさせればその分開くし、締め切ればただの木の壁になる。

窓の向こうは真っ暗な木々と参道。奥にあるはずの二の鳥居も闇に沈んで見えない。裏側には見張りはいないみたいだ。

オレは窓を閉め、袖から小柄を取り出し、寝室の枕の下に隠してからまた湯殿に戻る。

事前に聞いた通りに、なみなみと湯を湛《たた》えた四角い湯船から手桶でお湯を掬い、白い長襦袢のままで頭からお湯をかぶった。

「お～、気持ちいい」

思わず声が出て、自分で笑ってしまった。

こんな不真面目なことでいいのかな？

と、そのとき。

湯殿の窓がコンコン、と素早く叩かれた。

なんだろう⁉

「誰かいるの？」

窓に近付いて声を出すと――

「俺だ、窓を開けてくれ」

低い、弦楽器を思わせるその声は――

「芳野さん⁉」

「静かに！」

あわてて窓を開けると、窓枠に摑まってよじ登るようにして、湯殿の床に飛び降りたのは——

間違いなく芳野さん！

頭の上から、闇のように黒い着物をすっぽりと羽織っている。

「どうして？　どこにいたの？　どうしてここが？」

あまりにも突然でパニック状態になる。

芳野さんは窓をきっちりと閉め、オレのほうに向き直る。

かぶっていた黒い着物を取ると、白い襦袢姿の美しい姿が現れた。

黒く艶やかな髪。夜の色の瞳。

髪型こそ現代の髪だけれど、襦袢を形よく、腰の下のほうできゅっと細帯を結び、肩幅の広さと胸板の逞しさが強調されて。

まさに、タイムスリップしてきた本物の若武者のような美しさ。

その姿で、ふっと口元に白い歯を見せて笑い、参道の反対側を指差す。

「あっち側にいた」

そうだ。一の鳥居の中、左右に同じ建物があった。

向こうは芳野家側の建物だったんだ！

こんなに近いところにいたなんて。

こんなふうに会えるなんて。

泣きたいみたいな笑いたいみたいなおかしな気持ち。

すると芳野さんがくすっと笑った。

「若生家はだいぶ若殿を甘やかしているな。俺のほうはまだちゃんと水だぞ」

「水⁉」

「体を清めるのが目的だからな。昔から水垢離《みずごり》といって、冷水を使うのが慣わしだ」

う……わ。こっちはいつからお湯になったんだろう。大殿が年を取ったから？　それともオレが水なんてかぶらないと思ったから？

芳野さんはふっと張り詰めていたものが切れたような優しい笑みになる。

「その姿はかなりそそるぞ」

え？　この、頭からお湯をかぶったこの姿⁉　一杯だけだから全身が濡れているわけじゃないけど、左の肩から腕にかけてびっしょりと濡れて、足元も腿の半ばくらいから襦袢が肌に張り付いている。

なんだか……恥ずかしい。

「き……着替えなくちゃ」

「そのままでいい」

芳野さんが言って、いきなり両手を広げると、俺を抱きしめた。

「誉……よかった。会えた。今夜会えなかったらもうだめかと思った」

声をひそめながらも、心の底を吐き出すような言葉。

オレの胸に熱いものが湧き上がる。芳野さんと会えた、っていうことがようやく事実として、胸の中に染みとおる。

「芳野さん、芳野さん、芳野さん……！」

呼べば呼んだだけ、芳野さんの存在が確かになるような気がする。

嬉しい。嬉しい。

涙が目の縁から溢れてくる。

この力強い腕。広い胸。耳に伝わる鼓動《こどう》のひとつひとつまで、間違いなく芳野さんだ。

「伝言は……聞いたか？」

耳元での囁き。

「聞いた。だから、今日まで頑張れた」

「そうか」

そこでオレは、はっとあることを思い出した。

「ね、芳野さん、見せたいものがあるんだ」

濡れた襦袢の裾と袖だけをぎゅっと絞り、芳野さんの手を引っ張って寝所に行く。

枕の下から、例の小柄を引っ張り出した。

「これ、うちの大殿から貰ったんだけど」

「うん？」

小柄を受け取り、鞘を引っ張って……芳野さんは驚いた顔になった。

「何かの古文書《こもんじょ》か」

「そう……芳野さん、こういうの、読める？」

「ああ」

破らないように丁寧に古い和紙を広げ、広げる端から目を通していく。

やがて……

「これは……！」

驚きの声が小さく芳野さんの口から洩《も》れた。

「何？　なんて書いてあるの？」

「今では謎となってしまっていた、両家の諍いのそもそもの始まりだ」

「それが書いてあるの!?　なんて!?」

「俺のほうでは、最初に若生家の家臣が芳野家の若者を集団で襲って殺したと聞いている。そっちはそっちで何か別な話になっているはずだ。だが実際は――」

古文書に書かれていたのは、全く違う事実だった。

もともと、南北朝時代……天皇家が北と南に分かれてしまって、どっちが本物かで武士たちもそれぞれに分かれて戦っていた時代。

北朝に仕えた若生家の姫と、南朝に仕えた芳野家の若武者が恋に落ちた。当然二人の仲は許されるはずもなく、やがて周囲に知られ、引き離された。

若武者は自害。そして姫は自害も許されず、死ぬまで幽閉《ゆうへい》の身に。

この文書は、姫に仕えた老女がしたためたものらしく、若武者の自害を聞いて以来抜け殻のようになってしまった姫の様子を切々と綴《つづ》ったもの。

その後、芳野家の若武者の自害は、実は若生家の陰謀で殺されたのだと誤解した、芳野家の家臣が若生家の家臣を殺し、若生家側がそれに報復。

次第にエスカレートしていく報復合戦を、姫は最後まで嘆《なげ》き続けた。そしていつの日か両家が和解することを願いつつ、若くして亡くなったらしい。

けれど両家ではそもそもの原因となったこの悲恋《ひれん》を「不祥事」として隠蔽《いんぺい》した。この書類は公表することも許されず、ひっそりと若生家の内部でも隠され続けた。やがて時代が移って、誰からも忘れ去られ……諍いの発端は謎になってしまったんだ。

理由もわからない何百年もの反目。

そしていつだかの時代の将軍がとりなして本物の殺し合いから「祭礼」という形式上のものに。

更に今では、憎しみすらも本物ではなくなって、「憎しみの記憶」だけで形骸化した祭りを守っている。

そんなことだったんだ……！

そんな……そんなの……死んじゃった二人は、どう思ってるだろう。お互いに好きになっちゃっただけなのに、引き裂かれて、しかもそれが原因で、両家が何百年もの間争うことになるなんて……！

胸が苦しく、切なくなる。

オレだってそうだ。芳野さんが誰であるかも、自分の先祖が何者かも全然知らないで、ただ、芳野さんを好きになったんだ。

ぽろぽろと涙をこぼすオレに、芳野さんはそっとくちづけた。

「泣くな、誉。大丈夫だ。もしかするとこの古文書が、役に立ってくれるかもしれない」

「どう……するの？」

「それは明日の成り行き次第だが……もしそれがうまくいかなければ、ご先祖にできなかった駆け落ちだ。何があっても俺についてきてくれるか、誉」

これは……本気の言葉だ。

芳野さんには何か考えがある。もしそれがうまくいかなかったら……家を捨て、立場を捨てて——

そこまで考えてくれているんだ！

「芳野さん……！　ついていく、どこまでも……一緒に行く！」

「何があってもお前を離さない、誉」

芳野さんの唇がオレの唇を覆う。

舌を絡《から》める深いキス。

そのまま、布団の上に押し倒される。

二人とも白い襦袢姿のまま、互いの背を抱き、探り合う。

「……あ」

唇が離れると芳野さんがにっと笑った。

「声に気をつけろよ」

あ、そうだ！　ここは、外には見張りがいる。

「俺も夜明け前には向こうに戻っていないとまずい」

それは……夜明け前まではいられるっていうこと。

「誉……」

芳野さんが甘く呼んで、また唇を塞ぐ。

襦袢の合せ目から忍び込んだ大きな熱い手が、俺の素肌を探る。

乳首に触れられて、びくんと体が跳ねる。

わき腹から円を描くように掌を辷らせて、乳首に触れてはまた戻っていく。

だんだん、じりじりして、ちゃんと触って欲しくなる。

肌全体を探られる気持ちのよさと、感じるところを弄《いじ》られる気持ちのよさは、どこか違う。

「……んっ」

乳首に触れられると、腰の奥がむずむずしてくる。

もっと、ちゃんと触って……！

オレの頭の中の声が聞こえたかのように、指がきゅっと力を入れて乳首をつまんだ。

「あ……」

思わず首がのけぞって、離れた唇から声が洩れ出る。追いかけるように芳野さんの唇がまたオレの唇を塞ぐ。

両方の乳首を交互に弄っていた手が、肌を撫でながら下に下りていく。

帯の結び目を飛び越し、脚のほうへ。

オレの裾はすっかりはだけてしまって、やすやすと芳野さんに素肌をさらす。

膝のまるみを撫でられるとぞくぞくする。

芳野さんの唇はオレの唇から離れ、腿にちゅっと音を立ててキスをする。

手はゆっくりと腿を撫でながら上へ——。

「あ、だ、だめっ」

思わずオレは小声で叫んだ。

「静かに」

しっと芳野さんがオレの唇に人差し指を当てる。

でも……だって、し、下着、つけてない……！

「さすがにふんどしは免《まぬが》れたか」

芳野さんがくすっと笑う。

「芳野さん、ふんどしなの⁉」

「いや、俺も同じだ……確かめるか？」

芳野さんの手がオレの手を取って、股間へと導く。

帯の下。まだ乱れていない襦袢の絹の肌触り。その下にオレの手を押し当てる。

あ……わかる。絹の布を押し上げているもの。

オレの手では全部覆うこともできない大きなもの。

「わかるか？　あれからずっと誉が欲しかった」

熱い囁き。

オレも……思い出さないようにしようと思っても思い出してしまっていた、あの夜のこと。

オレたちがひとつになった時のこと。

そう考えたら、一刻も早くあの感覚を取り戻したくなる。

「あ……欲し、い、これ……」

力を入れすぎないように握って手をぎこちなく上下させると、芳野さんはくっと眉を寄せた。

「待て。準備が必要なんだから」

準備って……？

「誉を傷付けるのだけはごめんだ」

そう言って……オレの帯の結び目を解き、しゅっと音を立てて引き抜く。

襦袢の前がはだけて、オレの全身があらわになる。

ろうそくの頼りない灯りでも、やっぱり恥ずかしい。

ところが芳野さんは更に、オレの膝を立てさせ、大きく開かせてしまった。

「やっ……」

何もかも見えてしまう。この間は後ろからだったから……これだと、顔まで見えてしまって

百倍くらい恥ずかしい……！

「きれいだ、誉。オレだけが知っているんだな、このすんなりとした手足や、きれいな肌を」

「言わないで……！」

褒められることすら恥ずかしくて、両手で顔を覆ってしまう。

すると……突然オレのものに、今まで感じたことのない、感触がした。

熱い、ぬるついたものが、オレ自身に絡みついてくる……！

腿の内側に髪の毛の感触がして、そのぬるついたものが芳野さんの舌だってわかる……！

「んんっ……んっんっ」

全体を舐め上げられ、双球《そうきゅう》をやわらかく揉《も》まれながら、先端をちゅっと吸い上げられる。

ああ、だめだ、こんなの知らない。

腰の奥に熱の塊ができて、それが出口を探して体中をかけ巡る。

い、い。気持ちいい。

自分でちょこちょこっと触るのとは全然違う種類の、でもまぎれもない快感――！

「あ、あ……んっ」

必死で声を抑えるけれど、抑えきれない。

腰が勝手に捩《よじ》れる。逃げたいのかもっとして欲しいのか自分でもわからない。

と、芳野さんの口の中にオレの根元まですっぽり包まれたような気がして――。

唇でぐぐっと擦りながら吸い上げられて。

「あ――！」

一瞬気が遠くなる。

どくんどくんと脈打ちながら、自分の中から噴出《ふんしゅつ》していくものがわかる。

芳野さんの口の中に……どうしよう。

「ごっ、ごめんなさい、我慢できなっ……」

息を切らしながら言うと、芳野さんが顔を上げ、口の中の白いぬるりとしたものを、掌に出

した。

こんなに気品のある端正な人が、まるで野生の獣みたいな物騒な光を目に宿して、そんなものを、見せつけるみたいに……。

「これが欲しかったんだ、謝るな」

熱を押さえ込んだような掠れ声で囁いて、その手をそのままオレの狭間の奥まで持っていく。

「んっ！」

オレの秘められた場所、芳野さんしか知らない場所に、自分が放ったものを塗りつけられる。

むずがゆく、ぬるりとした、奇妙な感覚。

そのぬるつきを借りて、芳野さんの指がオレの中につぷりと沈む。浅いところで抜き挿しを始める。

あの上品な手の、長い指が、オレの中に入っている。

舐められた時も恥ずかしかったけれど、こっちのほうがもっと恥ずかしくて――なのにより感じてしまう。

「や……んっ、あ、あ、そこ、変……っ」

びくんと体が跳ねる何かが、オレの内部にある。そこを擦られて、また前が痛いほどに勃ち上がる……！

どうして⁉

「大丈夫だな」

芳野さんが言って、俺の膝の間に体を進める。

「誉……好きだ。愛している。お前とひとつになりたい」

愛している。その言葉に胸が震えた。

好きよりももっと特別な言葉。たった一人の人にだけ告げる言葉。

「オレも、好き……愛、してる……！」

言葉を返すのと同時に、芳野さんの熱く固いものが押し付けられたのがわかった。

ぐっと、オレの皮膚ごと中にめり込ませてしまうように。浅いところで一、二度腰を揺らす。

あ、あ、それだけでもう気持ちいい。

「誉」

芳野さんが体を前に倒し、ぐぐうっと繋がりが深くなる。

体を二つ折りにされたような体勢で……でも、芳野さんの顔が間近にある。

このほうが嬉しい。

芳野さんのいつも整えられた黒い髪が乱れて額にかかり、わずかに滲む汗や、瞳に浮かぶ熱が見て取れるから。

オレは芳野さんの背中に手を回し、芳野さんはゆっくりと律動《りつどう》を始めた。

全身で繋がっているみたいだ。

どこもかしこも、芳野さんとひとつになっている……！

唇を塞がれる。

「んんっんっ」

それでも声が洩れるのを必死で抑える。

なのに芳野さんは、まるでもっと声を出させようとしているかのように腰を動かして、さっき指で触れられた一点を先端で擦る。

ダメ、そこ……変になっちゃう。

ああ、前も痛い。こんなふうに立て続けに勃ってしまうなんて信じられない。

リズムを変えながら芳野さんがオレを翻弄《ほんろう》する。オレはもう、大きな波にさらわれたみたいに、なされるがまま、快感に包まれているしかなくて。

「誉……誉」

呻くようにオレを呼ぶ声。

その声にぞくんとして、腰の奥の何か秘密の塊に火が点いたような気がした。

夢中でまさぐる芳野さんの背中。襦袢の布を隔てても、筋肉が力強くうねっているのがわかる。

体がぐいぐいと違う世界に持っていかれてしまうような、怖いくらいの快感――！

「誉……いく、ぞ」

オレも。オレもいっちゃう！

数度の激しい突きの後、「うっ……」と呻いて、芳野さんの動きが止まり、きつくオレを抱きしめる。

オレの中でびくんびくんと痙攣《けいれん》するもの。

そしてオレも……触れられてもいないところから、激しく飛び出すものを感じて。

「あ――――！」

大きく体を痙攣させながら、快感の海に深く溺《おぼ》れていた。

＊＊＊

「若殿、おはようございます」

朝、次の間から聞こえたのは三笠の声だった。

「おはよう」

布団から起き上がりながら、ちょっと掠れた声で答える。

すると襖が開いて、紋付姿の三笠が畳に両手をついていた。

何かの気配を感じているんじゃないかとどきどきする。

あれから芳野さんはまた湯殿の窓から去り、オレは袖を通していなかったもう一枚の白い襦袢を着て、なんとかかんとか眠りについたんだけど、その眠りは浅かった気がする。

浅いけれど幸せな眠り。

そして今日は……いよいよ祭りの日。

「まずはお着替えを。こちらで朝食を召し上がっていただき、それから一度下社に参ります」

オレは頷いた。

襦袢の袖に、そっと小柄を忍び込ませる。

割烹着姿の年配の女性たちが入ってきてオレを取り囲み、袢の着付けを始める。

何度も練習したので、オレも「着せられ方」がわかっている。

袢姿になってから、旅館で出るみたいなお膳が三の膳まで並んだけれど、食欲がなくてあまり食べられない。

外に出ると、一の鳥居の外に、黒塗りの車が停まっていて、後部座席に乗り込むと、三笠は続いてこなかった。

その代わり、また別の家老格の家の男が、助手席に乗っている。

ちょっと振り返ると、芳野家側の潔斎小屋の前は静かだった。

「向こうは？」

尋ねると、助手席の男が答えた。

「あちらは早めに出立《しゅったつ》いたしました。こちらと同じく本邸に戻ってから下社に向かいますが、本邸が少々遠うございますからな」

それぞれの下社があって、上社がここひとつなんだとは聞いていたけど。

やがて本邸前に着くと、さまざまな装束《しょうぞく》姿の大勢の人々が、すでに本邸前に列を作っていた。

馬に乗っているのは裃姿の年配者が多い。

紋服《もんぷく》姿の人もいる。

そして、徒歩組は、昨夜上社の参道で見張りをしていたような、たすき掛けで白い鉢巻をし、棒や槍を持った若者たち。

オレは首から下だけ鎧をつけられ、馬に乗って……というよりは乗せられて、馬丁が口取りをする。

「ごしゅったあ――――っ」

遠くで誰かが叫び、行列はゆっくりと本邸前から動き出す。

オレは列の真ん中くらいで、一番目立つ華美《かび》な装飾の馬具をつけた馬に乗って、とにかく鞍の前にしがみつく。

ただ歩いているだけでも馬って結構左右に揺れるし、何しろ鎧そのものが重くって、楽に乗っているどころじゃない。

沿道にはすでに、人々が並んでいる。

オレが通ると深々と頭を下げる人。

拍手をする人。

旧家臣という人たちと一般の観光客が混ざっているんだろうな。

いちいち返礼はしなくていいと事前に言われているので、オレはとにかく背筋を真っ直ぐ伸ばし、前を見ることだけを考える。

それでも、オレに向かって手を合わせる老人の姿が目に入ったり、「可愛らしい若さま」「本当によかった」などと声が聞こえたりする。

この人たちは、オレにいろいろな期待をしている……それはわかる。

祭りだけじゃなくて、大殿の後のいろいろな政《まつりごと》をする、若生家の当主として。

オレ自身、まだそんなことが現実とは思えないのに、こんなに期待されるのがちょっと怖い気さえする。

でも、芳野さんは赤ん坊の時からそういう期待に応えられるように育ったんだ。

そういう人こそ、「本物」なんだと思う。

オレなんて、言う通りに動くロボットみたいなもの。いつか、この沿道の人々の期待に応えられる当主になれるかどうかなんて、オレ自身にもわからない。

そんなことを考えているうちに、下社に着いて、鳥居の前で馬から下りる……っていうよりは、数人がかりで抱っこされて下ろしてもらうって感じ？

ここからは徒歩で、数人の上級家臣だけを従えて、戦勝祈願《せんしょうきがん》をして戻ってくることになっている。

鎧が重い。

下社とはいえ立派な神社で、参道も長い上り坂。

オレは息切れしそうになりながら、えっちらおっちらと参道を上る。

もうちょっとで半分、と思った時――

突然、参道の両脇の森の中から人影が数人飛び出してきた。

「何奴！」

「若殿をお守り申し上げろ！」

家臣たちがオレを取り囲む。

えっと……聞いてないけど、これも何か祭礼の段取りのひとつ？

なんて思っている間に、飛び出してきた男たちの中の、ひときわ大柄な男がオレを肩に担ぎ上げた。

男は黒っぽいTシャツにジーパン姿。

もしかして、祭りの儀式とは関係ない!?

そうと気付いた時には、周囲を謎の男たちに囲まれて、森の中に連れていかれる。

「若殿！」

「大変だ、若殿が！」

家臣たちの声。よりによって「選ばれた少数の上級家臣」は年寄りばかり。追ってきても追い着けない。

「えい！　くそ、放せ！」

ようやくオレは自分が誘拐《ゆうかい》されかかっていることに気付いて暴れたけれど、鎧姿では暴れるのさえ大変で、オレを担いでいる男はびくともしない。

森を抜けると、舗装《ほそう》されていない小道に数台の車が停まっていた。

そのうちの一台に、放り込まれるように後部座席へ。

オレを担いでいた男が隣に乗り込むや否や、車は急発進する。

「くっそ、下ろせ！」

暴れるオレの鼻と口が、白い布のようなもので塞がれた——と思ったら。

すとんとオレの意識はどこかに落っこちてしまった。

「——だろうな」

「いや、ここは大丈夫だ。今、櫛田《くしだ》が様子を見に行っている」

「あいつは若生の奴らに面《めん》が割れてないからな」

耳が先に、会話を聞きつけ……オレは閉じていた目を開いた。

ちょっと霞《かす》んだ視界が、徐々にはっきりしてくる。

オレはどうしたんだっけ。参道を歩いている途中で男たちが出てきて――

そうだ、誘拐されたんだ！

ここはどこだ？

祭りはどうなったんだろう!?

そっと身じろぎしようとしたら、体がちゃんと動かない。鎧だけ脱がされ、手足を縛られ、ご丁寧に猿轡《さるぐつわ》までされて、藁《わら》の上に放り出されている。

そして、立ったまま話をしている男が五人。こいつらが犯人？

気付かれないようにそっとあたりを見回すと、ここは何か、農家の小屋みたいだ。

高いところにある明かり取りから入ってくる光で男たちの顔が見える。知らない顔ばかりの、まだ二十歳前後の若者たちに見える。

「大体こいつが」

一人がオレのほうに顎をしゃくる。

気付かれちゃいけない！

オレはあわててまた目を閉じた。

「すべての元凶《げんきょう》なんだ。若生家なんて、今の当主が死んでしまったら跡取りが絶えて万々歳だと思っていたのに」

「しかも、かろうじて祭りに間に合うように見つけ出された跡継ぎが、若殿のお気に入りの他校の生徒ときていやがる」

「江戸屋敷にいる者の話だと、若殿がお屋敷にまでこいつを招かれたほどの親しさだというぞ。情けない話だ」

どうやら芳野家にゆかりのある若者たち。

顔を見てやろうと薄目を開けたら、一人に気付かれてしまった。

「目を覚ましたぜ」

彼らは、横たわるオレを取り囲むように見下ろした。

「この、若殿をたらし込んだスパイめ。若生の本流の血筋だと言うが、怪しいもんだ」

「悪いが、お前を祭礼に参加させる訳にはいかないぞ。これで今年はこちらが不戦勝《ふせんしょう》だ」

「若殿にも目を覚ましていただかなければな。こんなちんちくりんに簡単に騙されて」

一人がオレの体を蹴飛ばす。

「これで、祭りもなくなってしまえばいいんだ。俺たちは芳野の若殿に仕えるのは嬉しいが、こんな形ばかりの祭りで勝負するなんて飽き飽きだ」

ううう、くっそ、猿轡がなければ反論できるのに……！

オレは芳野さんをたらし込んだ訳じゃないし、スパイでもない。

あの電車の中で痴漢から助けてくれた芳野さん、同じ本を読んでいたこと、本屋で偶然出会えたこと、その出会いのすべてを、汚い言葉で語って欲しくなんかない。

だいたい、こいつらが形骸化した祭りを嫌っているなら、尚更こんなことをしてちゃいけないんだ。

芳野さんは祭りを変えようとしている。そして、オレも同じ考えで、一緒に両家の関係を変えていきたいと思っているのに。

こうして祭りが失敗に終われば、芳野さんの考えそのものが実行できなくなる！

芳野さんの思いも知らないで……！

悔しくても、猿轡の中でうーうー言いながら体を捩るしかない。

すると一人がちょっと興味深げに言った。

「しかし、若殿はこのチビのどこがそんなにお気に召したんだろうな」

「顔がかわいいのは確かだが……まさか、そっちの意味なのか⁉」

「嘘だろう？　あの若殿が？」

男たちは顔を見合わせ、にやりと笑う。

嫌な雰囲気。

「……試してみるか？　そっちの手管《てくだ》を買われてスパイになったんだとすれば、結構いけるのかもしれないぜ」

誰かがごくりと唾を飲むのがわかる。

なんとかして逃げないと……こいつらのいいようにされてしまう！

ゆっくりと男たちが屈み、一人が足の縛《いまし》めを解いた。

その瞬間になんでもいいから蹴飛ばそうと振り上げた足は、一人の男の両手で押さえ付けられる。

「手は解くなよ」

言いながら、別な男が、オレの着物の胸を乱暴に左右にはだける。

ひゅ、と口笛を吹いた。

「これは……案外いけるかもな」

にやにや笑いながら、誰かがオレの乳首をぴんと指で弾く。

痛い。芳野さんが触れるのとは全然違う、ただ痛いだけの、屈辱的《くつじょくてき》な感覚。

また別の手が伸びてきて、オレは必死でもがいた。

オレに触れていいのは芳野さんだけ。

こんな奴らに好きにされてたまるか！

もがいていると——突然猿轡がずれた。

その瞬間……

「この大馬鹿者！」

オレの口から、自分でも驚くような大声が迸った。

若者たちが一瞬怯んで手を引く。

オレは足を引き寄せ、上体を起こした。

オレはスパイでもなんでもない、若生家の跡継ぎ。きちんと振舞わなくちゃ。

むらむらと闘志が湧き上がってくる。

「お前たちは、芳野さんが考えていることを台無しにしようとしているんだぞ！　芳野さんは、形ばかりになってしまった祭りを、もっと別な意味のあるものにしようとしているんだ。そのためにも、オレは祭りの場にいなくてはいけないのに……」

男たちは金縛りにあったように動かない。

「お前たちは自分たちが腹心だと思っているのかもしれないが、あの人が何を考えているかも知らないでこんな馬鹿なことをしでかして……こんな家臣しかいない芳野さんが可哀想だ！」

言いながら、悔しくて悔しくて涙が滲んでくる。

オレと芳野さんは、もしかしてたった一度のチャンスを失ってしまったのかもしれない。この馬鹿者たちのせいで。

「これで今年の祭りが失敗したら、芳野さんは絶対お前たちを許さないぞ」

そう言って、男たちを睨み付ける。

男たちは顔を見合わせ――

「……そういうことなら」

一人が、蒼ざめながらもゆっくりと言った。

「尚更、お前を無事に返す訳にはいかないな」

声に物騒な響きが混じり、別な男が尋ねる。

「おい、何を？」

「こいつの口を封じて、俺たちが犯人だとわからないように工作をしなくちゃまずいだろう。若殿の信頼を失う訳にはいかない」

他の男たちも顔を見合わせて。

「……あれがあったな」

ゆっくりと一人が、彼らが、小屋の隅《すみ》に置いてあった大きな鞄の中から、細長いものを取り出す。

…………刀!?

「この、殿からの御拝領《ごはいりょう》の脇差《わきざし》が役に立つとはな」

ゆっくりと鞘から出てくる、鈍い銀色の刃。

男たちが、オレの手足を押さえ付け、脇差を持った男がゆっくりと近寄ってくる。

「……喉か？」

「それが一番確実だ」

こいつら……本気でオレを殺そうとしている！

恐怖と怒りが同時に湧き上がってくる。

「やめろ、放せ！」

叫んだ瞬間、口を誰かの手で塞がれた。

ゆっくりと近付いてくる銀色の光。

刀にオレの顔が映るのが見える。

それが顔の正面から右の首筋に近付き、ひやりとしたものを感じた。

これが、このまま押し付けられ、動いたら……オレの首は間違いなく、血しぶきを上げて切れる。

怖い。

こんな……こんなふうに死ぬなんて。

どうせなら一瞬で済ませて欲しい……いや、死ぬのはやっぱり嫌だ！

誰か。

誰か助けて！

次の瞬間――。

バンッと何かが爆発したような音とともに小屋の戸が開き、

「誉を放せ！」

朗々とした声が響き渡る。

男たちははっとしてオレから離れた。

小屋の外から差し込む光に浮かぶシルエット。

鎧姿。背が高く、肩幅の広い、堂々とした武者姿は……

「芳野さん！」

「誉、無事だったか！」

芳野さんがオレにかけ寄る。

その背後に、見覚えのあるスーツ姿の……芳野さんより少し細身の姿は、三笠！

どうしてこの二人が一緒に!?

芳野さんが手早くオレの縛めを解き、はだけていた胸元を合わせてくれる。

「うっ……」

芳野さんの背後で誰かの呻き声がして、そちらを見ると、脇差を持った男が、三笠に腕を捩上げられている。

「その脇差で何をしようとしていた？」

怒りに満ちた声で言いながら、芳野さんがすっくと立ち上がる。

「これが、将来私を補佐してくれると思っていた、頼りにしていた者たちのすることか！」

鬼神《きしん》のような憤怒《ふんぬ》のオーラが、オレまでをも震わせる。

「申し訳ございません！」

全員が芳野さんの前に膝をついた。

脇差を持っていた男も、三笠に脇差を取り上げられ、どんと背中を押されて転がるように手をつく。

芳野さんはオレを振り向き、跪《ひざまず》いて抱きしめた。

「誉……無事でよかった。何かされたか」

胸をはだけられていたことで、よくない想像が頭をよぎったんだと思う。

「大丈夫、何もされてない……怪我《けが》もしていない、から」

「そうか」

ようやく芳野さんの顔と声から険しさが消える。

その代わりに、呻くように搾《しぼ》り出す声。

「お前に何かあったら……俺も命を絶とうと思った……！」

「そんなこと言わないで」

涙が滲み出る。

そこまでオレを想ってくれているこの人を、悲しませることにならなくてよかった……！

芳野さんがオレの体を支えるように立ち上がる。

「大丈夫か？　とにかく警察を呼ばなくては。お前たち、そこを動くなよ」

「け、警察？」

男たちの一人が震え声を出すと、芳野さんがきっとその男を睨み付ける。

「当然だろう。誘拐に殺人未遂だ。場合によっては俺も罪に問われることになるだろうが、それは上に立つ者の責任として甘んじて受けよう。お前たちがきちんと罪を償《つぐな》えば……」

「待って！」

オレは驚いて叫んだ。

「警察沙汰《けいさつざた》にはしないで！　オレはこうして無事だったんだし、そんな、芳野さんまで……」

芳野さんが逮捕されるなんてことはないとは思いたいけど、どっちにしても芳野家の名前に大きな傷が付くのは確かだ。

「誉……しかし」

「この人たちだって、芳野さんのためを思ってやったことだから……それに今大事なのは……」

そうだ！

「祭りは⁉　祭りはどうなったの⁉」

小屋の外から入ってくる光は、夕暮れのもの。

気絶させられていた時間がかなり長かったんだ。

「俺たちが二人ともいないから、今日は成り立たない。上社の儀式はよんどころなき事情にて明日に順延《じゅんえん》と……その人がすべて手際《てぎわ》よくやってくれた」

そう言って手で示したのは、三笠だった。

三笠は脱がされて転がされたオレの鎧を拾い集めていたけれど、芳野さんの言葉に黙って頭を下げる。

じゃあ……祭りは明日、ちゃんとできるんだ。ほっとして膝から崩れそうになるオレを、芳野さんの手がしっかりと抱え直す。

「お前たち」

芳野さんが、まだ平伏している男たちに声をかける。

「誉がこう言ってくれるから、今は祭りを優先する。だが祭りの後はおのおの自宅で沙汰を待て。逃げたら、永久に俺の信頼を失うと思え」

厳しい言葉に全員が「はっ」と平伏する。

芳野さんが俺の膝を掬って抱き上げ、男たちを跨ぐように小屋の出口に向かう。

一歩遅れて、鎧一式を抱えた三笠も。

そういえば……どうして芳野さんと三笠が一緒にいるんだろう。

芳野さんに抱かれながら疑問の視線で見るオレに、三笠が気付いて苦笑した。

「若殿同士のご関係が気にかかっておりましたので、最初は駆け落ちかと思いましてね、まず芳野家の下社に走ったのですよ」

か……駆け落ち!?

「芳野の若殿とは今回はじめてお話しさせていただきましたが、広い視野をお持ちの方と感服《かんぷく》いたしました」

オレが下社でさらわれて、若生家の行列は大騒ぎになった。その中で三笠が、もしやと思って、芳野家側の下社に走ったら参拝《さんぱい》中の芳野さんがいて、芳野家の若者が数人いないことに気付いたんだそうだ。三笠からことの次第を聞き、芳野さんは即座に参拝を切り上げた。

そして芳野さんが実行役を想定し、三笠は下社周辺の土地勘を使って、二人で探し当ててくれたんだ。

その間の会話で、何か二人の間に通じ合うものがあったらしい。

オレが連れてこられた小屋は、若生家側の農家の小屋。めったに人が現れないことを調べて勝手に使ったみたいだ。

小屋を出ると、二台の車がちょうど停まったところだった。

ガタイのいい男たちが飛び出してくる。

「若殿！　ご無事で！」

一台は若生家側の家臣たち。

もう一台は芳野家の家臣らしく、芳野さんが厳しく声をかける。

「小屋の中に大森たちがいる。厳しく監視を」

「は！」

家臣たちが揃《そろ》って頭を下げる。

オレたちは少し離れたところに停められていた車に向かった。

後部座席にオレと芳野さんが乗り、三笠がハンドルを握る。

車がゆっくりと走り出すと、三笠が口を開いた。

「私はどうやら、若殿を見くびっていたようです」

「見くびって……？」

「若殿をお探ししている間に、芳野の若殿から、両家の和解に対するお考えを伺いました。しかも、それをお二人でご一緒に実行なさるおつもりだったと」

思わず芳野さんを見ると、深く頷く。

「この人なら、話せばわかってくれる相手だと思って、話した」

バックミラー越しに、三笠の口元にほろ苦い笑みが浮かぶのがわかった。

「芳野の若殿のお考えを伺って、私が……両家の旧家臣たちが、どれだけ狭い考えでとっくに抜け殻となった憎しみを引きずっていたのかを思い知りました。そして……」

言葉を探す一瞬の間。

「若殿が、わずかな間に本当に若生家の後継としての自覚をお持ちになっていらしたことも。私は、若殿はまだ子ども子どもした高校生で、当面はお飾りとして必要なときにお出ましいただくだけで十分と思っていたのです。けれど……違いましたね」

交差点で一度言葉を切り、それからまた続ける。

「お二人ともそのお若さで、本当の意味で両家のことを真剣に考えておいでで、むしろ私のほうが、頭の固い年寄りたちと同じように硬直した考えを持っていたのだと……誰もが考えもしなかった『両家の和解』ということを、お二方なら現実にできると……それを私は、下社での参拝を即座に切り上げた芳野の若殿の行動で悟ったのです」

「じゃあ、三笠は……オレたちの考えに賛成してくれるの？」

またバックミラー越しに、今度は三笠の真剣な目が映る。

「はい、喜んで」

オレは嬉しくなって芳野さんを見た。三笠がこんな短時間にオレたちの考えに賛同してくれたのは、きっと芳野さんの説得力のおかげだ。二人ともすごく頭のいい人たちだから、お互いの考えがちゃんとわかったんだ。オレを必死で探しながらそんなことまで話していたなんて、すごい。本当にすごい！

すると今度は、芳野さんが口を開いた。

「それで、俺たちの関係は気にならないのか」芳野さんが尋ねると、くっと苦笑する。

「まあ、お止めすれば逆効果なのでしょうし。あまり公然といちゃついたりなさらなければ、私としては特に」

いちゃつく……なんて言葉に、オレは思わず赤面してしまう。

けれど次の瞬間には、三笠は顔を引きしめた。

「しかし、お二人のプライベートなご関係とは別に、両家の公な関係については、真剣に考えなくてはなりません。……さあ、もうすぐお屋敷に到着ですよ」

オレと芳野さんは、顔を見合わせて頷きあった。

まさに今から、俺たちは両家の和解を実現できるように振舞わなくちゃいけない。

「大丈夫だ、お前と俺なら」

そう言って芳野さんは、オレの手をぎゅっと握りしめてくれる。

やがて車が若生家の本邸前に着き、オレたちが車から降りると、本邸には大勢の人々が集まっていてわっと歓声を上げた。

「若殿はご無事だった！」

「お二人ともご一緒だ！」

よく見ると、若生家の人々だけじゃなく、明らかに芳野家側とわかる鎧姿の人たちもいる。

思わず芳野さんを見ると、芳野さんは微笑んだ。

「最初は、うちの家臣が誉をさらったらしいということで、一触即発《いっしょくそくはつ》の状態になったんだが、その人がそれよりまず両家で手分けして誉を探すのが先だと言ってくれた」

そう言って三笠を示すと、三笠は軽く頭を下げた。

「両家にとってそれぞれに大切な祭り、いがみ合うならその後で……と言っただけのことです。芳野の若殿が『誉さまを見つけ出さなければ、芳野家にとって祭りの存続にも関わる大変な不祥事、誉さまに何かがあれば家督《かとくほうき》放棄も辞さない』と言ってくださったから、思った以上に芳野家の方々も団結してご協力くださいまして」

そうだったんだ……！　二人ともさりげなく相手の手柄にしているけれど、きっと必死の思いでそれぞれに両家を説得してくれたに違いない。

おかげで、オレは今こうして、無事にここにいられるんだ……！

「若生家の方々」

芳野さんがふいに声を張り上げた。

「若生家の若殿は無事におつれした。まぎれもなく、わが芳野家の若い者たちが暴走した結果で、危うく若殿を傷付けるところだった。どう言い訳のしようもない、私の監督不行き届きだ。誠に申し訳ない」

そう言って、深々と頭を下げる。

人々はしんと静まり返った。芳野家の若殿が、若生家に頭を下げるなんて……いがみ合いの始まった数百年前から今まで、なかったことじゃないんだろうか。

それだけに、その意味の大きさが感じられて若生家側も戸惑っている。

オレの胸も、いっぱいになって。

「みなさん」

気が付いたら、声を張り上げていた。

「今回のことは、確かに、芳野家の人のやったことでした。でも僕は無事だし、無事なのは芳野の若殿のおかげなんです！」

刃を突きつけられたときの恐怖を思い出す。

「芳野さんが危ういところで助けてくれなければ、僕はこうしてここにいることはなかったと思います。その意味では、どれだけ芳野さんに感謝しても足りないくらいです」

両家の人々は、顔を見合わせてかすかにざわめいた。

「それは……お命の危険もあったということですか」

芳野家側の、貫禄のある男が尋ねる。

オレは頷いた。

「けれど、芳野さんのおかげで無事でした。これは本当に大きなことです」

若生家の人々のほうに向き直る。

「だから、芳野家の方々を責めるのはやめてください。ことを起こした芳野家の方々も、お家のためを思ってしたこと。今は反省していると思います。今回のことは水に流して、明日の祭りに遺恨《いこん》を残さないで欲しいんです」

自分でも驚くほど、言葉がしっかりと出てくる。

こんなに大勢の人たちの前で、こんなふうに自分の意見を言えるなんて思ってなかった。

「それは……」

若生家の家臣の一人が、ためらいながらも頷く。

「ご当人であらせられる若殿がそう仰る以上は、わたくしどもは仰せに従います」

続いて、口々に人々が「若殿の仰せのままに」と頭《こうべ》を垂《た》れる。

オレの言葉に、年も上で人生経験も豊富な人たちが、こんなふうに振舞ってくれる。

若殿っていう地位が、考えていた以上に責任のある大変な立場だっていうことを、オレは改めて感じた。

芳野さんも再び声を張り上げる。

「明日の祭りは、今までとは違うものになるだろう。各自気構えをしておくように」

芳野家の人々も「ははっ」と頭を下げる。

「それでは」

三笠が言った。

「若殿方には、今宵もうひと晩潔斎小屋でお過ごしいただき、明日は上社の神事から行います。それぞれ分担の再確認をお願いします」

そして、オレたちを促して、もう一度車に乗り込む。

両家の若殿が同じ車に乗る、ということすらたぶんはじめてのこと。

何かが変化していることを、たぶん両家の家臣たちも悟ったんだと思う。

三笠が車を動かすと、両家の人々は車が見えなくなるまでずっと頭を下げて見送っていた。


「誉……！」

芳野さんの手が、オレを抱きしめ、オレをまさぐる。

「あ、芳野さ……ああ、あ……！」

潔斎小屋の前に着き、オレたちを降ろすと、三笠はすぐに車で去った。

一応自分のほうの部屋に足だけ踏み入れてから、オレはそっと外を見た。

見張りは鳥居の外側を向いて、小屋には背を向けている。それを確かめて、足音を忍ばせて芳野家側の小屋に走った。

同じ造り……というか、左右対称になっている、ふたつの小屋。

「来年からはひとつにしてもいいくらいだな」

まさに同じように小屋を出てオレのほうに来ようとしていた芳野さんの腕の中に飛び込んだ時、芳野さんがそんなことを言ったけれど、部屋に入るともう、そんな余裕なんてなかった。

キスして。

布団に倒れ込んで。

キスして。

互いの着ているものを競争するみたいに脱がせ合って。

キスして。またキスをする。

ああ、芳野さんのこの唇。

舌を絡めとられ、上顎を小刻みに舐められて、それだけで気が遠くなる。

体中に唇の跡をつけられて。

脚を大きく広げられて。オレのものが、もう勝手に涙を流してびっしょりと濡れているのを優しくからかわれて。

そして——ひとつになる。

オレの体はすっぽりと芳野さんの逞しい体に包まれる。

「あ……あ、や……っ、あ、そこ……っ」

芳野さんの逞しいものが、オレの中の感じる部分を擦る。

そうかと思うと、腰をうねらせるようにして、巧みにそこに刺激を与えずにもっと深くまで入ってくる。

まるでオレの中は、芳野さんにちょうどいいように造り変えられてしまったみたいで、どこまで深く芳野さんを受け入れられるのか、自分でも怖いくらい。

でも……気持ちがいい。

体だけじゃなくて。心まで。心ごと。

手を組み合えば、手の血管が繋がって、お互いの血がお互いの中に流れ込んでいくような、足を絡めれば、汗に濡れてぬるつく足が、そのままひとつに溶け合ってしまいそうな。

それが胸の中で、大きなひとつの快感のうねりになってくる。

「誉……」

芳野さんが、汗で額に張り付いたオレの前髪をかき上げる。

芳野さんの額も汗に濡れて、ろうそくの光できらきらとして――。

なんてきれいな、なんて美しく男らしい、本物の若武者のような心も体も強い人。

オレの……オレだけの特別な人。

「芳野さん……好き……好き……」

「俺もだ……」

また唇が重なる。

芳野さんの両手が、がっしりとオレの腰を掴んだ。

「……細いな」

ちょっぴり余裕なさげに苦笑して、それからその手に力を込めて、オレの上体を起こす。

「あ！」

繋がったまま、芳野さんの腰に跨るような格好で、上になる。

「あ、や、どう……」

どうすればいいんだろう。

「動いてみろ、お前が好きなように」

耳元で芳野さんが唆《そそのか》すように囁く。

恥ずかしい……けど。

体の中で何かが、もっと強い刺激を求めてオレを急かしているのがわかる。

「ん……っ」

腰を前後に振ってみると、今までとは違う刺激が、オレの背骨をびりびりっとかけ上がった。

「ああ、あ」

腰の動きが勝手に大きくなる。

いい……！

芳野さんがゆっくりとオレの腰を持ち上げ、落とす。

繋がった場所からぐちゅっという音がした。

「ああ……っ、あ、あ、それ……っ」

「いいか?」

「いっ……！」

自分の動きと芳野さんの動きが重なって、溺れたみたいに息が苦しくなって、それでもまだ欲しくって。

「俺も……いいよ、誉」

呻くような囁きが、またオレの体温を引き上げる。

芳野さんもいいんだ……！

額に光る汗。切なげに寄せた眉。

男らしく、それでいて艶っぽくて。

嬉しい。

「はっ……あ、あ、やっ……んっんっんっ」

こんな怖いくらいの快感に、いつまで耐えられるんだろう……！

芳野さんの息も荒くなっている。

広い背中に回した手が、汗で滑る。

「んぁ……ん、いい……ん、んっ、あ、あああ、あ——いっちゃ、い、いく——！」

言葉と一緒に、体がふっと宙に浮くような気がした。

違う、これ、違う……！

射精の快感じゃなくて。

びくびくびくっとオレの内壁が痙攣して芳野さんを締め付け、それがオレ自身に戻ってきて

快感の奔流《ほんりゅう》が体中を駆け巡り——

目の前に真っ白な光がスパークする。

「くっ」

芳野さんの呻き。

「あ――」

体の中に放たれた熱いものが、オレの体じゅうを満たしていく。

永い永い、永遠とも思える一瞬。

二人一緒に。

愛している……その言葉が、どちらの口から出たものかもわからなくなって、オレは意識を手放した。

＊＊＊

晴れ渡った青い空。

一日順延になったにもかかわらず、沿道には昨日以上の人々が溢れかえっている。

過去に天候の関係でやはり順延になったことがあるらしく、その先例をもとに、祭礼は上社前の行列から始めることになった。

参道の一番下は、T字路になっている。

普通ならば、芳野家と若生家、双方の下社からやってきた行列がここで合流するかたちになる。そして、前年の勝者が前に、敗者が後ろについて一列に参道を上がっていく。

それを、すでに一列に並ぶところから始めたので、芳野さんの姿は見えなかった。

これも、祭りのあり方が変われば変わるだろうと思いながら、オレは行列の真ん中で、昨日と同じように馬に乗って進む。

一の鳥居の先の潔斎小屋はすでに取り壊されていた。真っ直ぐな玉砂利《たまじゃり》を敷き詰めた広い参道を行列は厳《おごそ》かに進む。

二の鳥居の前で下馬《げば》する。

左手に家臣たちが列を成し、流鏑馬に広く空けた参道の右側は、途中まで観光客が入れるようになって、縄が張ってある。

ざくざくと玉砂利を踏んで進むと、芳野家の家臣たちの列が止まった。

それぞれ、その位置に跪く。

すると、そのすぐ次、芳野家の最後尾であり、若生家の一番前に当たる場所に、錦《にしき》の布で覆われた小さな椅子が置かれ、オレはそこに導かれた。

そうか……祭りに負けると、当主自身さえ敵方の最後尾のさらに後になる。

こういうことも、敵愾心《てきがいしん》をあおってきたんだなあと思う。

オレはここで鎧を取り、差し出された羽織をまとって紋服姿になり、腰を下ろす。

芳野さんはこの長い芳野家の列の一番前にいるんだろうけど、ここからは見えない。

ちょうどオレからよく見える位置に、流鏑馬用の的が三つ並んでいる。

最初に流鏑馬、それから本殿前に場所を移して居合や棒術などが行われる。それを観戦する時には「板の間に正座」と聞いているけれど、今日はそれが違う展開になるはずだ。

宮司の祝詞《のりと》の後、流鏑馬が始まり、オレは自分が緊張するのがわかった。

芳野さんからは、昨夜睦《むつ》み合った後でおおまかな考えは聞いている。けれど、うまくいくかどうかはわからない。いつでも動けるようにしておかなくては。

やがて、一人の騎馬武者《きばむしゃ》が、弓矢を手に参道をかけ上がってきた。

芳野家の若者だ。

馬をかり、的のかなり手前で弓を構え、的の前で弓を放つ。

バシュッという音を立てて、矢はかろうじて的の端に当たった。

次の的は外れる。

三本目はなんとか最初のよりは中央に近いところに当たる。

当人はそのままかなり向こうまで走り去る。

次に、若生家の中年の男。

年の分だけキャリアがあるのか、立て続けに放った矢がすべて、見事的のほぼ中央に刺さる。

おおーっという声が、参道の反対側にいる観光客たちから上がった。

赤と黒に矢が色分けされているので、どちらが優勢かひと目でわかる。

思わず拍手しそうになって、芳野家側の家臣たちが悔しそうに唇を噛むのに気付き、危ないところで思いとどまった。

次の芳野家側の若者は、最初の一矢をほぼ中心に見事に当ててみせる。

続くふたつは残念ながら外れ。

次の若生家の若者は緊張しているのが傍目《はため》にもわかるほどで、三本とも外してしまう。

流鏑馬って直に見るのははじめてだけど、本当に見事な技だ。

馬を下半身で操《あやつ》りながら、まさに「矢継《やつ》ぎ早《ばや》」に三本の矢を射るんだから。

他の武道も、間近で見たらさぞかしすごいと思うけど、流鏑馬には本当に見とれてしまう。

そして……次は芳野家側。

かけ上がってくる騎馬武者が、遠目にも、体つきが美しく、真っ白な馬を駆る技術も、ひと際目立って男らしく美しいのがわかる。

心臓がどきんと跳ねた。

その騎馬武者は、黒い髪をなびかせ、赤い鎧姿で、三本の矢を力強く次々に放つ。

すごい！

三本ともど真ん中に的中だ！

そして……その騎馬武者は、少し先に行ったところで馬を急停止させ、向きを変えた。

その、美しい姿。

緑ざわめく参道の中央に、黒い髪と象牙《ぞうげ》色の肌、赤糸縅《あかいとおどし》の鎧が見事な白馬に映える。

芳野さんだ！

若殿自身が、流鏑馬に出てきたのを見て、参道の家臣たちがざわめく。

すると芳野さんは白馬を駆ってオレの前までやってくると、馬を急停止させた。

少し紅潮《こうちょう》した頬。

「来い！」

オレに手を差し出す。

オレは立ち上がって馬にかけ寄ると、芳野さんの腕がオレを鞍の前に引き上げてくれる。

「若殿に何を！」

若生家側の家臣はざわめいて立ち上がり、オレたちの周囲にかけ寄ってくる。

それを見て芳野家側の家臣たちも。

「控《ひか》えよ！」

芳野さんの声が朗々と響き渡った。

芳野家家臣が、金縛りにあったようにびくっと動きを止める。

続けてオレも、声を張り上げる。

「お願いです、話を聞いてください！」

若生家家臣たちは顔を見合わせる。

静まり返った境内で、芳野さんがあの、弦楽器の響きのような声で両家家臣に語りかけた。

「私と、この若生家の誉との間には、これまでの両家にはなかった親しい感情がある。これは偶然のことだが、今となっては神のご意思ではなかったかと思う。私たちは、この祭りの意味を変えたいと望んでいるのだ」

芳野さんの声には、もっとちゃんと話を聞きたいと思わせる何かがあって、両家家臣ともじわじわと俺達の周囲に円を描くように近寄ってくる。

芳野さんは言葉を続けた。

「これまで数百年、両家は憎しみ合い、殺し合い、近年では殺し合う代わりに祭りで勝敗をつけてきた。だが、時代の流れを考えても、両家は憎しみ合うよりも手を取り合うことが必要だ」

人々が戸惑ったように顔を見合わせるところに畳みかける。

「お互いに、相手の出身地がわかったら、同じ会社に就職していても口も利かない、提携《ていけい》できる分野の会社を持っていても、相手が芳野関係だ、若生関係だとわかれば、決して提携せずにむしろ相手を貶《おとし》める。この時代、大学などに進学して、そうと知らずに相手方と出会うこともある。だが、相手の素性《すじょう》を知っただけで、友情も愛情も湧かない、冷たい関係になる。あるいは、それを隠して生きなければならなくなる。これをこの先も続けていいと思うか？」

しんと静まり返る境内。

やがて……芳野家側から、年配の男が進み出ておそるおそる言った。

「恐れながら若殿、今ここで両家が手を取り合うことになれば、これまで死んでいった者たちがあまりにも哀れでございます。彼らはなんのために命を落としたのでございましょう」

うんうんと人々が頷く。

けれど芳野さんは動じずに言った。

「その、命を落とした者たちもまた、間違った信念に踊らされていたのだ。そもそもこの中に、両家の憎み合いの本当の発端《ほったん》を知っている者がいるか？」

沈黙。

芳野さんが、前に乗るオレに言った。

「誉、あれを」

オレは袖の中から、例の小柄を取り出した。

鞘を抜き、中の和紙を慎重に取り出して、広げて周囲の人に示す。

「今回の祭りの前に、大殿からお預かりした文書です」

大殿、という言葉に若生家家臣が顔を見合わせる。

「この中に、両家の不和の発端が書いてあります。もともとは、芳野家の若武者と、若生家の姫が恋に落ちたのですが、北朝側と南朝側に分かれた家だったために引き裂かれ、若武者が自害し、姫が生涯幽閉の身となった、それが始まりだったんです」

ざわ、と小さなざわめき。

「……その文書の信憑性《しんぴょうせい》は」

「これから専門家に鑑定させるが、私の目から見ても、筆跡や紙質などから、まず間違いないと思われる」

「これが真実なら」

オレも頑張って言葉を続けた。

「未だにこうして両家が憎しみ合っていたら、二人の魂は浮かばれないと思います。愛し合っていた二人は、自分たちが原因で両家が永遠に憎み合うなんていうことを望んでいたはずはないと思います」

人々の空気が、疑いや憤《いきどお》りから、疑問に変わってきたのがわかる。

そこで芳野さんはもう一度声を張り上げた。

「この中に、相手方の人間を本当に殺したいほど憎んでいる者はいるか？　個人的に相手方の誰かに直接恨みを抱いている者はいるか!?」

境内はしんと静まり返った。

「いないのならば、憎しみを親睦《しんぼく》に変えて、両家で手を携《たずさ》えて、この祭りを盛り上げ、続けていけばいい。好敵手《こうてきしゅ》として競い合うのなら、意味のある素晴らしい祭りだ」

一度言葉を切って深呼吸する。

「もしも、このような発想が許せないと思うならば、どちら方の者でもいい、私を殺せ」

その声が――本気のものであることがわかって、オレははっとした。

だけど……そこまでの覚悟がなければこれだけの人々を納得させることはできない。

「殺すなら……オレも一緒に！　そして、それでもう諍いはやめて欲しい。憎しみをあおるだけの祭りなら、いっそ祭りもやめてしまって欲しい」

言いながら、喉の奥に熱い塊が突っかかえるような気がしてきた。

自分の死。そんなことをこれまで本気で考えたことなんてなかった。

芳野さんの、大勢の人々の上に立つということは、それだけの覚悟を伴うことなんだっていう気持ちが伝わってくる。

オレも、若生家の跡継ぎを引き受けたからには、それぐらいの覚悟が必要だった。

今ならそれがわかる。

永遠に続くかと思われた沈黙の後――

一人の槍を持った若者が、オレたちの前に進み出た。

昨日、オレをさらった奴らの一人だ！

槍で突くつもりか。

けれど彼はゆっくりと跪き、槍を地面に置いた。

「若殿の深いお考えを知らず、心得違《こころえちが》いをいたしました。どうぞ、若殿のお心のままに」

「お前がそう言ってくれるか」

芳野さんが頷く。

すると若生家側からも、一人の老人が進み出た。

「私はここ数年、祭りの打ち合わせの委員となり、芳野家の方々と事前の会合を何度かいたしました。空気はひんやりとしておりましたが、芳野家の中にもお考えのしっかりした、芳野家の方でなければ本当に尊敬に値し、親しくご教授願いたいと思う方がおいでてした。そういう方との出会いを、ただただ祭りのためだけに無駄にしてしまうことに疑問を感じつつ、今日の日まで、なんの考えもなく過ごしてしまった自分を愚かに思います」

「私も」

今度は若生家の若者が進み出る。

「大学で、よき友人を得ました。後から互いの素性を知りましたが、友情が勝りました。それを隠し続けることなく、祭りの際にも協力し合うことができればどれだけ嬉しいかと思います」

そう言って、やはり地面に膝をつく。

すると……水の中に石を投げ込んだように、俺たちの周りに跪く人々が波紋状に広がって、境内のすべての人が、オレたち二人に向かって膝をついている。

みんな……！

わかってくれた。

愚かな人々の集まりなんかじゃなかった。

それぞれに疑問を持ちながらも「伝統」に惑わされて流されていただけだった。

そう思うと、涙が溢れてくる。

「誉……」

背後からオレを抱きしめた芳野さんの声も、感動で震えている。

周囲の観光客から、始めはぱらぱらと……やがてどよめくように大きな拍手が湧き上がるのがわかった。


その日の祭りは、席次を決めずに本殿前で予定通り居合などの試合が行われ、ぎこちない空気ながらも、憎しみの気配は感じられなかった。

相手方が見事な技を見せた時にも拍手をする。

試合が終了したら、これまでは負けたほうだけ頭を下げる習慣だったのが、互いに頭を下げ合って握手をする。

それだけのことで、人々の心が和《やわ》らいで、純粋に試合を鑑賞し、褒め称《たた》える空気になっていくのがわかる。

結果的に、勝敗は数年ぶりに若生家だったけれど、宮司の勝敗宣言も勝敗に関わりなく両家を労《ねぎら》う内容だった。

そして最後に……

芳野さんとオレが、それぞれの家臣から奉納用《ほうのう》の豪華な太刀を渡される。

これまでは、勝ったほうだけが奉納し、負けたほうの太刀は相手方に取られていた。

でもこれからは、両者が準備した太刀を両方とも献上し、本殿に二振り並べることになったんだ。

奉納を終えて、二人並んで二の鳥居まで戻ると、すでに帰りの行列が隊伍《たいご》を整えていて、二頭の馬が待っていた。

芳野さんが、まだ一人で乗れないオレを助けてくれ、それからひらりと自分の白馬に跨る。

そのまま横に並んで、芳野さんがオレの馬の手綱も持ってくれ、二人で参道を出て行く。

と、どこからともなく歓声が上がった。

「和睦《わぼく》万歳！」

「ご両家の若殿、万歳！」

その声が嬉しくて、芳野さんのほうを見ると、芳野さんも嬉しそうな笑みを浮かべてオレを見る。

夕焼けを正面に見ながら、オレは大きなことを成し遂げた達成感と、それを芳野さんと一緒にやり遂げたということの喜びで、幸福感に満たされながら馬に揺られていた。

＊＊＊

「内腿にもう少し力を入れて……手綱をもうちょっと短く持てるか？」

芳野さんの指示に、オレはぎゅっと腿に力を入れ、手綱を握り直す。

ついさっきまで、頭を下げようとする馬と、上げさせようとするオレの綱引きになっていたけれど、次第に馬がちゃんと頭を上げてくれるようになっている。

「ようし、そのまま、一周してみるんだ」

言われた通り、馬場を一周して芳野さんの前で手綱を引っ張って馬を止める。

「うん、かなりよくなった」

芳野さんが嬉しそうに微笑む。

ここは、東京の芳野邸。

敷地の中に馬場《ばば》があって、そこで芳野さんに、乗馬を一から習っている真っ最中だ。

「誉は覚えが早いな」

だとしたらそれは、教えてくれるのが芳野さんだからだ。若生家で乗馬の練習をした時には、なかなかうまくいかなかったから。

乗馬服姿の芳野さんは、若武者姿とはまた違って、凛々しく気品がある。

芳野さんが通っている桜花学園《おうかがくえん》は、もともと馬術部が強いので有名らしいけど、中でも芳野さんは今の部員の中のエースなんだそうだ。

寮生活を送らずに特例で通学しているにも関わらず、学生の人気を集めている生徒会長でもあるんだって。

やっぱりすごい人なんだなあと思う。

その人にマンツーマンで教えてもらえるオレは幸せだ。

なにしろ、両家とも祭りの他にも馬に乗らなくちゃいけないイベントがある。

来年の祭りまでには、芳野さんとちゃんと馬を並べて歩けるようになりたいし。

両家の歴史的和解は、あの後新聞などでも取り上げられた。

古文書も間違いなく南北朝時代のものと鑑定され、その存在も世間の注目を集めた。

芳野家の若武者と若生家の姫の悲恋の実話は、日本版のロミオとジュリエットとして、老若男女の感動を誘った。もちろん、芳野家と若生家の人々もだ。

「積年の恨みを和睦に導いた『両家の若殿』を称え、今後は観光や事業などさまざまな分野で提携していこうという動きが広がっている」なんて新聞に書かれて、写真まで載ってしまったので、オレが当事者の一人なのは学校でもバレバレ。

若殿、なんてあだ名で呼ばれるようになってしまったけれど、学校の友達の態度は変わらないのが嬉しい。

誉は誉だからな、って。

若生家の若殿としてのオレは、とりあえず冬休みや夏休みなどの長期の休みは国許に行くけれど、普段の生活はかなり自由になった。

三笠が国許に引き上げて、必要な時だけ上京するようになったからだ。

その代わり「護衛」は付くようになっちゃったけど、それは芳野さんも同じだし、オレたちの行動を束縛《そくばく》する人たちではないから気が楽だ。

そうそう、祭りには思わぬ付録もついた。なんと境神宮が、「縁結びの神様」ということになって、カップルで訪れる観光客が急増しているんだそうだ。

今までふたつの旧家の憎み合いの象徴だった場所が「縁結び」の場所に。

どこかくすぐったくて、でも嬉しい。

「今日はこれくらいにするか」

芳野さんが言って、オレは馬から降りた。

手綱を引いて、馬場の脇の洗い場まで歩く。

芳野家の馬場にはもちろん厩舎《きゅうしゃ》係もいるけれど、乗った後の馬の手入れまできちんとすることが、馬とのコミュニケーションにもなる。

馬にブラシをかけながら、オレは芳野さんにふと思い付いたことを尋いてみた。

「芳野さんも、将来はやっぱり国許の知事になるの？」

「そのつもりだ……ただし、選挙民が選んでくれればだけどな」

自分の馬にブラシをかけながら芳野さんが答える。

そうか。知事になるって言ったって、現代の法律に従って、立候補して、それで選ばれるってことだもんな。代々の当主に、それだけの器《うつわ》があるってことだ。

若生家のほうは、代々わりと殿様がおっとりした性格らしくって、家老格の家が持ち回りで立候補して、やっぱりちゃんと選挙で選ばれて知事になっている。

オレ自身も、県知事なんて職には向かないと思う。それよりは、さまざまな儀式に「象徴」として出ることで、「殿」でなければできないいろいろなことを勉強したいと思う。

そのためには、進学をどういう方向にするか……まだ先の話だけど、芳野さんに相談しながら決めていこうと思っている。

馬を厩舎に戻すと、芳野さんがオレの肩を抱き寄せた。

「何かいろいろ考えているな?」

「うん……だって、この先もずっと芳野さんと一緒にいたいから」

ちょっとはにかみながらのオレの言葉に、芳野さんが目を細めた笑顔になる。

「それは、俺たちの気持ちがひとつである限り可能なことだ」

優しく言ってくれるその言葉が、オレに自身も勇気もみんな与えてくれる。

芳野さんが、抱き寄せたオレの耳のあたりで囁いた。

「今夜も……泊まっていけるな？」

「あ……うん」

思わずオレは赤くなって頷いた。

泊まる。同じ寝室で。二人一緒に。

その言葉が含んでいるいろいろなことが頭をかけ巡ってしまって、未だに冷静な「ふり」すらできないオレ。

でも、芳野さんの家ではもはやオレは「若殿の大切なご親友」として大歓迎で、泊まることもたびたびだ。

護衛も、オレがここに泊まる時は送ってくるだけで、迎えに来るように電話をするまでは、別にその辺で見張っていたりもしない。

だけど……

「こういうの……こういう関係って、本当はやっぱり、知られたらいけないことなんだよね」

疑問ではなくて、自分の中で確かめるように言うと、芳野さんは立ち止まり、正面に向かい合った。

「大丈夫だ」

自信に満ちた、きりっとした顔立ち。

「そもそも両家の関係は、ひとつの恋から始まったんだ。それを思えば、俺たちの関係はご先祖の望んでいたこととも取れる」

そうか。オレたちが幸せでいれば、悲恋に終わった姫と若武者の魂も浮かばれるだろうか。

「いつか関係が公になったとしても、時代は変わっていることだし、昔のように引き裂かれるようなことには、俺が絶対にしない。誉との関係は守ってみせる」

力強い言葉。

芳野さんと一緒なら、どんな不可能でも可能になってしまう気がする。

それにしても……電車の中での偶然の出会い、あれからなんて大きな山を乗り越えてきたことだろう。

今から考えると夢物語みたいだ。

芳野さんも同じことを考えたみたいで……ふっと微笑んで、顔を近寄せてくる。

くちづけを受けながら、オレは「運命の出会いって、本当にあるんだ」と考えていた。


えんど。

あとがき

はじめまして、そしてお久しぶりでございます、夢乃咲実《ゆめのさくみ》です。

このたびは、B―PRINCE文庫のメンバーに加えていただいて、とても嬉しいです。

去年はちょっとお休みをいただいたため、半年振りくらいの本となります。

そして、私にとってははじめての文庫本。

基本的に「お話を書く」という意味では同じですが、それでもあれこれ違うこともあって、とても楽しくお仕事をさせていただきました。

これまでの作品の中に「華族《かぞく》シリーズ」とか「花嫁シリーズ」とか「ヘンなものシリーズ」とか、気がついたらいくつかの系統に分かれるお話を書いてきたようですが、今回はどこに入るのでしょう。

考えようによっては「華族シリーズ」？

とにかく、「現代の時代劇」みたいにしてみたかったのです。それから……ハッピーな「ロミオとジュリエット」。

それから「小公女」と「家なき子」もちょっと入っているかもしれません。

私自身、読んだ後に「幸せな気持ちになれる」お話が大好きです。

なので、私の書いたものを読んでくださった方が「幸せな気持ちになった」と言ってくださるととても嬉しいのです。

今回のこのお話も、読後にそんな気持ちになっていただければと思います。


さて、今回も、これまで素敵な挿絵《さしえ》をたくさんつけていただいた明神翼《みょうじんつばさ》先生にイラストをつけていただくことができました。

明神先生とは、デビューノベルズ以来何度かご一緒させていただいていますが、最近担当さまとのお話の中で、もしかして「馬」シリーズになっているのでは？　ということに気付きました。

馬が表紙になっている本が二冊あります。

そして今回も、実はある場面で馬が出てきます。

いつもいつもヘンで書きにくい（と私には思える）お話で、ご面倒をおかけして恐縮なのですが、今回は明神先生ご自身から「白馬が描きたい」と言ってくださったとかで、驚くやら嬉しいやら。

私自身もまだ目にしてはいない表紙や挿絵がとても楽しみです。


去年はお休みをいただきましたが、今年はすでにいろいろ予定を入れていただいていますので、それほど間をおかずに雑誌やノベルズ、そしてこの文庫でみなさまにお目にかかることがお休みしている間にも頭の中に「書きたいもの」をいろいろ溜め込んでいましたので、今年、できそうです。

そして来年に向けて、無理せず、でも頑張って書いていけたら、と思っております。

このあとがきを書いている今、外はそろそろ春の気配が忍び寄っています。

皆様にお手にとっていただくころは春真っ盛りになっているでしょう。

今年はお花見に行けるかしら。

明神先生、担当さま、そして読者の皆様方が素敵な春を迎えていらっしゃいますように。また次の本でお会いできればと思います。

日差しの明るい窓辺にて

夢乃咲実　拝

初出一覧

若殿さまのご寵愛♥　/書き下ろし

B-PRINCE文庫をお買い上げいただきありがとうございます。
先生へのファンレターはこちらにお送りください。
〒162-0825　東京都新宿区神楽坂6-46　ローベル神楽坂ビル7階
リブレ出版(株)内　編集部

B♥PRINCE
http://b-prince.com

若《わか》殿《との》さまのご寵《ちょう》愛《あい》♥

発行　2008年4月7日　初版発行

著者｜夢乃咲実

発行者	髙野 潔
出版企画・編集	リブレ出版株式会社
発行所	株式会社アスキー・メディアワークス 〒101-8305　東京都千代田区神田駿河台1-8　東京YWCA会館 ☎03-5281-5250（編集）
発売元	株式会社角川グループパブリッシング 〒102-8177　東京都千代田区富士見2-13-3 ☎03-3238-8605（営業）
印刷・製本	旭印刷株式会社

Printed in Japan
ISBN978-4-04-867004-3 C0193

B-PRINCE文庫

好評発売中!!

久木《ひさき》ザイード・シン貴哉《たかや》
世界的ホテルカンパニーのゼネラルマネージャー。父方がインドの王族の血を引いており、独特のオーラを持つ。自分を慕う陸斗のことが何よりも大切。
矢来《やらい》 陸斗《りくと》
アイドルグループ「Bプリンス」のメンバー。笑顔の似合う明るく元気な男の子だ。持ち前の人懐っこさからか、芸能界でも評判が良い。
http://b-prince.com
最新ラインナップやキャンペーン情報など随時更新中！
オリジナルキャラの無料壁紙ダウンロードサービスも実施中！